文官ワイト氏と白き職場

MR.WIGHT,
WHO IS AN EXCELLENT CIVILIAN
AND AN UNDEAD,
IS WORKING AT
THE GOOD WORKPLACE.

目次

MR.WIGHT,
WHO IS AN EXCELLENT CIVILIAN AND AN UNDEAD,
IS WORKING AT THE GOOD WORKPLACE.

第1話　文官ワイト氏、魔王に辞表を叩きつける

MR.WIGHT,

WHO IS AN EXCELLENT CIVILIAN AND AN UNDEAD,
IS WORKING AT THE GOOD WORKPLACE.

　一人、黙々とデスクに向かい、積み重なった書類の山のデータを整理して報告書に計上している骸骨……ワイト氏。彼はアンデッドという睡眠や三大欲求とは無縁な種族特性上、こうして昼夜問わぬ過酷な労働を強いられている。

　彼の仕事は本来ならば周辺の村々から集められる税の集計と計上のはずだった。長年この仕事をしてきたワイト氏はその程度の仕事ならばすぐに終わらせることができるが、ワイト氏の上司であるリッチさんや、同僚であるインキュバス氏等がワイト氏に仕事を投げて自分達は定時で帰ってしまうのだ。明らかな職場いじめである。

「……数字が合わない……」

　インキュバス氏から託されたとある地区の税収表をまとめ終えたワイト氏は、どう計算しても計上された税収の合計と、その地区の課税対象の生産量が合わないという現実にぶち当たる。ワイト氏にとっては毎度のことだが、ワイト氏のような人ならざる種族の総称……魔族の書類が正確である方が少ない。

魔族というのは基本的に頭が悪い。それこそ種族的には最底辺に近いワイト氏でも頭がいいという理由で今の職場にありつけているというくらいにだ。

いや、教育制度が整ってないとか、そんなまともな理由ではないのだ。魔族というのは欲望に正直で、八割が食う寝るヤるしか考えていないのだ。知能があるからこそ魔物と区別され、魔族と呼ばれているのにこの体たらくである。

困ったらすぐ暴力。しかもこれが罷《まか》り通るので質《たち》が悪い。これも全てはワイト氏の勤めるリッター領の会計課の報告が献上される先……魔国ガルガイザーの魔王様が悪い。

元々はコボルトというワイト氏とほぼ同程度の魔族だった魔王様だが、『霊滓《エナジー》』という生物を殺すことで手に入る魂の一部のエネルギーを手にいれ、次々に『変異《ミユータニング》』という自分自身を上位の種族に変化させる現象を受けて、ガルベロス・ヘルハウンドという最上級の種族になり、先代の魔王を倒して新たに魔王となった。

それから、というほどでもなく前からあった風習で、長い間『変異《ミユータニング》』をしていない魔族は舐《な》められるようになった。それ故に、リッチさんよりも勤務歴が長いくせに一度も変異していない最底辺個体のワイト氏は後輩の中級個体であるインキュバス氏にすら舐められ、仕事を押し付けられている。

それでもワイト氏は頑張ってきたのだ。他の魔族はヒト族との戦争が始まると、我先にと戦場に行っている間、人手が圧倒的に不足するのに物資不足の苦情が届く会計課を切り盛りしてきたのだ。

ただ、それも限界が訪れた。書類をようやく整理してカーテンを開くと、朝日が照らしてきていて、このまま浄化されてしまいたいと眼球のない眼窩《がんか》から涙を流しそうだったワイト氏の後ろのドアから出勤……いや、冷やかしに来たインキュバス氏の一言で、堪忍袋が木っ端微塵に砕け散った。

「あっ、パイセーン、これから勇者率いるヒト族軍との最終決戦らしいっすよ？　しかもこの近くで。先輩も棺桶《かんおけ》の骨みたいになってないで『霊滓《エナジー》』採取にいったらどうです？」

ワイト氏は、窓を開けた。朝の新鮮な風が室内に入り込み、ワイト氏を後押しするように書類が舞う。

「あー、なにやってんすかパイセン。自分で片付けてくださいよー」

「うるせえ……レイプ趣味の変態野郎《インキュバス》が」

「ア゛ァ？」

普段は敬語でへこへこしているワイト氏の、ワイト氏らしくない乱暴な口調に、後輩のインキュバス氏が驚くより先にキレました。基本的に魔族は脳筋の単細胞なのです。

「てめえ仕事だけできるから敬語使ってやってんのになんだその口の聞き方はァ？　ワイトなんて下等種族の癖に中級悪魔のオレに対等に口聞けっと思ってんのか？　ア゛ァッ!?」

インキュバス氏、俗に言うコネ就職のボンボンです。仕事はろくにできない上にプライドが高いので仮にも先輩であるはずのワイト氏の言葉を聞かず、不都合が起きると監督不足を傘にワイト氏に責任を押し付けてきました。上司であるリッチさんもインキュバス氏の実家は怒らせたくないので、普通にそうやってワイト氏に減給などのペナルティを与えていました。

　でも、もうワイト氏も限界なのです。

「下等種族……下等種族ねえ？　リトルデビル《ワイトと同等の魔族》の第三変異個体、てめえ、『魂格《レベル》』幾つだ？」

　この世界には『魂格《レベル》』というものがあります。『霊滓《エナジー》』を取り込んで魂が強化され、それが一定に達すると『変異《ミュータニング》』が発生します。『変異《ミュータニング》』すると一度魂格《レベル》は1に戻ってしまいますが、同レベルの変異後と変異前では圧倒的な実力差が存在しています。第四変異個体とは、『変異《ミュータニング》』を三度経験した個体を指します。

「はっ！　てめえなんざ魂格《レベル》1でも勝てるんだよ！　ただまあ、現実って奴《やつ》を教えてやるよ！　オレのレベルはなぁ！　32だ！」

　インキュバス氏から膨大な魔力の波動が放たれます。元々リトルデビルは悪魔系という魔力面にも肉体面にも優れた勝ち組種族なのですが、インキュバスはその中でも魔力に適性の高い種族です。

「てめえみたいなワイト《最下級アンデッド》が口聞いていい存在じゃあねえ――あばふっ」

　次の瞬間、インキュバス氏の顔面にワイト氏の骨の拳がめり込みました。インキュバス氏もこれには堪《たま》らず書類の積まれたデスクを巻き込んで倒れ臥《ふ》します。

「第三変異の32……確かに強かったな。ただ、それだけだ」

　ワイト氏は前々から用意していた『辞表』と書かれた封筒を握り締め、インキュバス氏の魔力を子供の遊びとでも言うような莫大な魔力を練り上げて空間魔法の「長距離座標移動《ロングポイントムーバ》」という長距離を一瞬で移動する最高難易度の魔法を発動します。

全ては、全ての元凶に。まだマシだった前魔王を下し、今なお魔王の玉座に君臨し続ける魔王様《駄社長》に今までのブラックな労働の怒りと、再三に渡り今戦争したら税収がヤバイと報告したのにも拘わらず無視して戦争を始めた報いを受けさせるためです。

風が一度強く吹くと、そこにはもうワイト氏の姿はありませんでした。

◆◆◆

「くっ、なんて力だ……」

「ふははははは！　勇者よ！　その程度か！　我はまだ実力の七割も出していないぞ！」

所変わって魔王城の玉座の間。そこでは聖剣に選ばれし勇者様と、竜人族の姫武将さん、ヒト族最大の国家の王女にして聖霊の寵愛を受けし聖女様に、世界に根差す世界樹を守護するエルフ族の聖樹の守護騎士が魔王様の猛攻によって窮地に立たされていました。

「聖剣の最後の封印を解いても七割だと言うのか……」

「諦めるな勇者よ！　その命が尽きるまで、己が使命を全うする！　それが竜人族の習わし！」

勇者様を叱咤《しった》する姫武将さんも、甲冑《かっちゅう》と呼ばれる鎧をボロボロにして、頭から一筋の血を流しています。傷自体は聖女様の治癒魔法で塞がっていますが、ダメージは小さくありません。

「くっ、ここは、仕方がないね。僕が囮《おとり》になる。その隙に、勇者君は逃げてくれ」

守護騎士さんもボロボロですが、エルフ族のイケメンフェイスをニヒルに笑わせて、世界樹の枝より削りだし、宝石のような輝きを持ちながらも鋼鉄よりも丈夫なその宝剣を構えます。

「しゅ、守護騎士……」

「はは……君さえ生き残れば、希望は繋《つな》げる。姫武将、頼んだよ」

「……くっ、エルフ族の守護騎士よ……貴様のその勇気は無駄にしないと誓う！」

「や、やめろ姫武将！」

姫武将さんは一番ボロボロな勇者様を担いで、戦線を離脱しようとします。逃げることは姫武将の名折れ、しかし、今はこうするしか無いのです。守護騎士さんの決意を無駄にしないために、世界を守るために。

「我は神聖なる世界樹を守りし聖樹の守護騎士！　未来への希望を繋ぐため、ここに散る！　しかしこの命、ただではくれてやらぬぞ！」

「ふはは！　誰一人、逃がしはせぬ！」

守護騎士さんが床を蹴り、魔王様がその凶爪を振るおうとしたときでした。逃げようとする聖女様や、姫武将さんの頭上を遥かに通り抜け、守護騎士さんの脇を通った闇色の魔力の塊が魔王様に襲いかかります。その一撃は勇者様と、その仲間のどの魔法よりも重く、凄《すさ》まじい一撃でした。

「ぐっ、ぬぅぅぅ！」

魔王様はそれを正面から受け止め、裂帛《れっぱく》の気合いと共に掻き消します。魔法は得意ではない魔王様ですが、肉体はどんな魔族よりも強いのです。

「何者だ！」

魔王様のそんな声が反響して、高さ十メートルの大きな廊下の奥に伝わってきます。そして、そんな廊下から巨大な影が現れました。

それは、大量の死霊でした。槍を持つ骸骨や、動く腐った肉体、原型も留めぬ様々な死体を粘土のようにくっつけたような異形の化け物、そして、半ば白骨化した頭が三つある巨大な狼です。

「何者だ、だって？」

そんな狼の真ん中の頭に乗っていた一体の骸骨……ワイト氏が低くそう答えます。

「貴様の下々の負担を考えない国家運営の被害者だ馬鹿野郎！」

狼が駆け出します。勇者様を飛び越え、守護騎士さんを移動の風圧で吹き飛ばし、一瞬で肉薄した狼を、魔王様は城壁すらも破壊する程の威力を孕《はら》んだ凶爪の一撃で吹き飛ばします。しかし、吹き飛ばした瞬間、狼の頭からはワイト氏が飛び降りていました。

この時、初めて魔王様はワイト氏を認識しました。数多くいた死霊の一匹だと思っていたワイト氏の、狼のものだと勘違いしていた自分すら遥かに凌駕《りょうが》する魔力の匂いに気が付いてしまいました。

「こんな糞《くそ》みたいな国の国家公務員なんざ辞めてやらあっ！」

そう高らかに叫んだワイト氏が、膨大な闇の魔力を辞表に収束させ、特大の闇の一撃として魔王様に叩きつけました。

直撃した魔王様は久しく覚えのない意識すら刈られてしまいそうな衝撃に吹き飛ばされ、玉座に叩き付けられます。

「ぐっ……ぬぅぅぅ……な、何故だ!? 何故貴様のような『変異《ミユータニング》』もしていないワイトがそこまでの力を持っている！」

魔王様に一撃叩き込んで満足して帰ろうとしていたワイトさんはふと立ち止まり、語り出します。

「……『変異《ミユータニング》』『変異《ミユータニング》』って、そんなに『変異《ミユータニング》』が偉いのか？」

「なん……だと……？」

「先々代魔王の時代、強い魔族は問答無用で魔王軍に徴兵され、危険な前線に駆り出されていた。ワイトやコボルトもな。だが、頭が良ければ文官として働いて、徴兵を免れるはずだった……だけどな、やっぱり、文官でも、強かったら軍事部に異動なんだよ。俺のお世話になったデスプリースト先輩が軍事部に引っ張られて以降、俺は思ったよ……」

ワイトさんは天井を向いて、叫びました。

「死にたくない！ 戦いたくない！ 前線なんて死んでもごめんだ！ だから『変異《ミユータニング》』を拒否り続けた！ 何度勤め先にヒト族の軍隊が攻めてきて撃退して『霊滓《エナジー》』が溜まってもひたすら『変異《ミユータニング》』したくないと願い続けた！ 見た目がワイトなら誰も気に止めないからだ！」

そして、振り向きます。骸骨にボロ布を着せただけの簡素な見た目に妙な迫力を纏《まと》って、魔王様

辞職届

に高らかに言い放ちます。

「そして俺は気付いた！　『変異《ミュータニング》』しない方が次の魂格昇華《レベルアップ》に必要な『霊滓《エナジー》』が少ない！　その差は約一割だ！　そして、『変異《ミュータニング》』した個体としていない個体の強さの違いも理解した！　その上で気付いた！　一・三倍の魂格《レベル》があれば一段階上の変異個体と互角に戦える！　二段階上なら一・三の二乗！　三段階なら三乗！」

　魔王様の魂格《レベル》は225で、『変異《ミュータニング》』は五回経験しています。つまりそれは、一・三の五乗……三・七一二九三倍の魂格《レベル》があれば互角に戦えるということでした。

「そして俺の魂格《レベル》はいつしか……810まで上がっていた」

「810っ……だとッ!?」

　魔王様は二百年の時を生きてここまで上り詰めました。ですが、ワイト氏はその三倍以上の魂格《レベル》だと言うのです。たとえ『変異《ミュータニング》』せずに必要な『霊滓《エナジー》』が少ないとしても、せいぜい半分程度で、生半可な年月では辿り着けるものではありません。

「ま、まさか……先々代魔王……つまり、千年もの時を生きていたと言うのか!?」

「ああ。仕事してたらあっと言う間だった。だがもう……その仕事も終わりだ。今月分の給料はくれてやるぜ……どうせ減給で百ゴールドくらいだしな」

　一ゴールドはとある異世界の貨幣価値に合わせるなら千二百円の価値を持っています。なので、ワイト氏の週百五十時間以上労働の報酬は十二万円でした。ちなみにまかないなんて気の利いたものはありません。

自虐的に笑って、空間魔法でどこか遠くに行こうとしたワイト氏。戦いとは無縁な生活を送れる日々を夢見て、術式を編みます。

しかし、そんな日々は遠いことを感覚で理解していました。

「ま、待ってください！」

そんなワイト氏を、声ですら若干痺《しび》れるような聖なる魔力を持った聖女様が呼び止めます。

「ヒト族の聖女様ですか……ご苦労様です。私一介のワイトはヒト族に危害を加えるつもりは無いので放っておいてください」

ワイト氏は千年前から様々な聖女を知っています。何度か浄化されそうになっているのも良い思い出です。一度、浄化を完全に無効化してしまって、上位の魔族と勘違いされて遮二無二逃げ回ったのは懐かしいことでした。あれ以来ワイト氏は空間魔法を練習しました。

「貴方は今、魔王の手下をお辞めになられたのですね？」

「はい。ですので、ヒト族と敵対するつもりは……」

「私はヒト族最大の国家の王女！　ですから、貴方の新たな雇用主になることができます！　週休二日！　ボーナスも保証します！　給料も手取りで三百ゴールドを約束いたします！　どうか、共に魔王と戦ってくださいませんか!?」

三百ゴールド……週休二日……。

ボーナスという言葉をワイト氏は知りませんでしたが、その二つの言葉はワイト氏に衝撃を与えました。正直疑っている程です。しかし、年がら年中戦争で金欠の魔国と違い、ヒト族の国にはそれほどの余裕があるのかもしれないと思い……

「……社長とお呼びすれば宜しいでしょうか？」

魔族にも少なからずいる友人や、数少ないまともに働こうとする同士達のことを即断で切り捨て、ヒト族社会の犬になることを決めました。

「はい！　では社長命令です！　魔王を倒しなさい！」

「わかりましたあああああああ！」

戦いたくない。死にたくない。

ワイト氏は単純に魂格《レベル》で言えば魔王様には勝てません。魔王様の三・七一二九三倍は835、地味に足りないのです。

しかし、ワイト氏には様々な魔法があります。死後一時間以上経った死人の蘇生以外なら大抵できると言えるくらい頑張った魔法が。

もう一度言います。

戦いたくない。死にたくない。

ですが、ここでホワイトな職場を逃せば心労と永遠に戦い、心が死んでしまいます。だから、今日だけは、今だけは戦います。

「勇者様！　剣を掲げてください！」

ワイト氏がそう叫ぶと、勇者様は訳もわからず聖剣を掲げます。そして、天井に一瞬で転移していたワイト氏は、聖剣に向けて大量の闇を放ちました。

「ふははははは！　ワイトよ！　やはり貴様も勇者が憎いか！」

「違う！　これはっ！」

そう叫んだのは勇者様でした。闇が一ヶ所に集約するように消えて、聖剣が先程とは比べ物にならないくらいに輝きます。

「聖剣は闇を切り裂くんじゃない。闇を食らい、光に変えるんだ。だから、ただ殴ることしかしないお前相手には本来の力が出せなかったんだ」

しかし、今や千年前の魔王様と同等なワイト氏の闇を受けて、その聖剣は真の輝きを取り戻しています。

「ありがとう名も無きワイト……これで俺は戦える！」

「勇者！　活路は私が開くっ……!?」

姫武将さんが魔王様の呼んだ取り巻きのコボルト系の魔族を蹴散らそうとしましたが、それよりも先に、ワイト氏に棒を持たせたような骸骨がそれを駆逐していきます。死霊魔法の「眷属霊召喚《サモニング・シンクロハーツ》」という、自身と同系統の魔物を従える魔法です。召喚する魔物は本人の魂格《レベル》に準拠するので、骸骨達は召喚できる骸骨の最大の魂格《レベル》である３００です。

「食らえよ魔王様……ッ！　これが貴様が冷房の効いた部屋で心地よく座っている間に、冷房の配備されていない部屋でデスクに向かい合って手にいれた力だ！」

暗黒の力が空間ごと圧縮されます。光すら捻じ曲がるような無茶苦茶なエネルギーを付加された闇の一撃は空間を引き裂きながら魔王様に襲いかかりました。

「うおおおおおおおおおおおおおおっ！」

魔王様はそれを両手を突き出して受け止めます。魔王様の足元の石畳が余波でめくれ上がり、押し込まれる魔王様の足が食い込んだ地面には魔王様の後退のあとが砕けた石畳として残ります。

そして、次の瞬間には闇の一撃は消失してしまいました。

「勝ったっ」

魔王様が勝利を確信し、目を開くと、そこには屋根まで届く光の刃を持つ勇者様が、その聖剣を振り上げ、堂々と正面から飛びかかっていました。

勇者様は、ワイト氏の「終末淵龍砲《ドラゴノイダ・アロボス》」を聖剣に吸収させ、その力を全て刃に込めたのです。

「くらえぇぇぇぇぇぇぇぇぇぇ！」

「ガアアアアアアアアアアアッ！！！」

城すら真っ二つに切り裂く勇者様の剣は魔王様を完膚なきまでに消し去りました。長かった人類と魔族の戦いはここに終わったのです。

後に、聖女様は、ヒト族最大の王国の王女様として、頭《こうべ》を垂れるワイト氏に、その望みを問いました。

「よくやりました。ワイトよ。褒美に貴方の好きな場所で、好きなように働かせてあげましょう」

王女様のその言葉に、ワイト氏は、あばらだけで臓器も皮もない胸中を打ち明けます。

「私は、働きたいです……まともな、職場で……」

こうして、ワイト氏は王女様の直属の部下として、後に死の会計課と呼ばれる、王国の財産を扱う栄えある部署で働くことになったのでした。

第2話　王族聖女様、魔族に採用通知を出す

MR.WIGHT,
WHO IS AN EXCELLENT CIVILIAN AND AN UNDEAD,
IS WORKING AT THE GOOD WORKPLACE.

「『貴方は、世界を担う勇者に選ばれました。聖剣の選定に従い、聖霊の加護を以て、精霊の導きと共に魔王を倒すという定めを受け入れるのなら、聖女として、この身この魂の全てを貴方に捧げまひょっ……う』！」

「上手い！　流石《さすが》守護騎士！」

「お止めください！　守護騎士様！　勇者様！」

大仰な身ぶり手振りで、まるで道化のようにおどけて見せるのは、エルフ族の世界樹の守護騎士だ。そして、それを囃《はや》し立てるのは、彼らを率いる聖剣に選ばれし勇者だ。

「それくらいにしておけ。守護騎士。聖女が恥ずかしがっているだろう？」

「お願いしますお二方……あれは、偶然噛んでしまっただけで……」

そのエルフ族の守護騎士を諫めるのは、竜の手綱を握った、竜人族の姫武将だ。甲冑を身に纏い、風に流れる赤い髪を後ろで束ねている。

そして、彼らの傍らで顔を赤くして俯《うつむ》いているのは、聖女様だ。王族でありながら聖霊に愛され、聖女として勇者と共に戦ってきた。

「いやいや、あれは本当に面白かったよ。絶対みんな心の中で『あっ、噛んだ』って思ったよ。勇者君も思ったでしょ？」

「いや、そのときはガチガチに緊張しててそれどころじゃなかった」

「あらら、それはもったいない」

他愛ない会話をしているが、ここは魔王軍との最終決戦。おおよそ人類の総戦力を投入して、前線を押し出して魔王城の兵力を釣り上げ、手薄になる魔王城に最高戦力である勇者とその仲間が、急襲するという作戦だ。

「守護騎士、もう少し緊張感をもったらどうだ？　後一刻もしない内に、開戦なのだぞ」

「逆に言えばあと一刻近くあるんでしょ？　気楽に行こうよ。緊張してたっていいこと無いんだから」

「貴様はいつもそうやって……」

基本的に楽天家な守護騎士と、自分にも他者にも厳しい姫武将とは、このように意見が合わないことが多い。しかし、不和な訳ではなく、長い旅路の末、お互いがお互いを認め合ってはいるのだ。

「聖女様なんてさっきから本読んでるんだよ？　お堅い聖女様がそうしてるくらいなんだから、リラックスリラックス」

「これは歴代聖女の手記なのですが……魔王を倒すヒントが隠されていないかと、最後に確認しているのです」

「流石は俺達の頭脳担当！　頼りになるな」

「いや、勇者君勇者君？　頭脳担当って言うけど、この中で読み書きできないの君だけだよ？」

「仕方ないだろ！　俺なんて元々ド田舎の村出身だぞ！」

「勇者の存在は士気に関わるので、通達なしにお呼び立てしたのは本当に申し訳ありません……」

「あーあ。聖女様かわいそー」

「い、いや、別に嫌って訳じゃないからな!?　ほら、勇者になったら褒美で王都で一生暮らしていけるだろ？　俺、帰ったら幼馴染にプロポーズして、一緒に王都で暮らすんだ……！」

「しかし、村に帰ると、幼馴染の腹にはもう一人の親友との子供が。勇者は、その高潔な精神で想いを封じ込め、親友と幼馴染を祝福するのだった……」

「魔王と戦う前に心が折れそうなのでやめてください」

「守護騎士、流石にそれは勇者の士気的に控えろ。聖女、何か新しい発見はあったのか？」

姫武将の問いに、聖女は首を横に振る。聖女の手記は何度も目を通しているので、今さら新しい発見がある訳もなかった。

「一応、言うとすれば……下級の死霊に擬態し、聖女の結界すら破壊するような力を隠す魔族もいるそうなので、あまり油断なさらぬように、くらいでしょうか」

「下級の死霊に擬態、ねえ。魔族ってそんな知恵回るの？　あいつらって下級の死霊に擬態とかプライドの関係でできなさそうだけど」

「ですが、数代前の聖女が戦ったそうです。とても強力な力を持ちながら、卑屈なまでに生に執着している死霊だとか」

「生に執着する死霊とはこれ如何に……？」

「いや、冷静に考えろ守護騎士。死霊ってあれだろ。死にたくなさすぎて死んでるのに生きてる奴等だろ？　普通じゃね？」

「それもそっかー」

「まあ、所詮死霊だ。聖女の霊滓《エナジー》になるだけだろう。いつぞやの吸血鬼のように」

勇者達は長い旅路の中で、様々な魔族と戦ってきた。東に夢魔に支配された街があればその夢魔を討伐し、住民を夢から覚まし、西に死霊の都となった古都があれば、その魂を聖なる魔法で救済して、まさに東奔西走の旅路だった。

吸血鬼も、その旅路の中で倒した敵の一人で、堂々とヒト族の領土に屋敷を構え、近隣の街を眷《けん》属《ぞく》を使って支配し、ヒト族を血を搾る家畜として飼っていた悪辣の魔族だった。

その力は強大。無数のコウモリや、霧に化ける能力を持ち、獣が如き身体能力を以てして、呪いや魔法に通じ、最大の特徴である不死じみた回復能力を持っていた。

――持っていた、のだが。

「窓から水の魔法で聖水の霧を送り込んで動けなくした上で聖女砲で外から一方的に砲撃したアレのようにかぁ」

「吸血鬼の城が湖にあった時点でこの攻略法を思い付いた勇者には少し失望したぞ。騎士道精神はどこに置いてきた」

「いや、所詮戦争っても魔族とヒト族の喧嘩だろ？　勝てばいいだろ勝てば。だって早く帰んないと守護騎士が言ったみたいになるし。つーか俺騎士じゃねえし」

「この戦争が終われば国で聖騎士の称号が与えられますが……」

「そしたら幼馴染を王都に呼ぶんだ……」

「親友の子を孕んだ幼馴染を？」

「そろそろ泣くぞ守護騎士！」

そんな親しい者の茶番を繰り広げる四人だったが、心臓に杭を突き立てられるような邪悪な気配に、一斉に黙り込んだ。

「……姫武将？」

「ああ、そうだ。見えてきたぞ」

見据える先は、魔王城。魔族四千年の歴史を積み重ねた、悪鬼の牙城。歴代の魔族が各々の種族の特性を重ねた改築を繰り返し、果てにはそれ自体が一種の魔物とまでなったそれは、支配者の城として、辺りを押し潰すようなプレッシャーを以てそこに佇《たたず》んでいた。

そして、その城は、その全ての砲門、魔法を勇者達の乗る竜に向け、分体であり兵でもある守護石像《ガーゴイル》を尖兵として放っていた。

「くっく……前哨戦には相応《ふさわ》しい……！　竜人族の誇り高き姫武将であるこの私の武勇を、ここに打ち立てよう！」

「うーん？　あの守護石像、エルフの盗作かなぁ？　うん、気に食わない。全部ぶっ壊そうか」

「石像に封じられた魂はヒト族の……惨《むご》たらしい……今、神の御許に返して差し上げます……！」

「え、お前ら待てってって。合図は？　なんで戦闘態勢？　真っ正面から突っ込むとか無謀以外の何物でも――」

冷静に異を唱えようとする勇者だったが、それに重ねるように、勇者達の乗る騎竜と、もう一人の竜が吼《ほ》えた。

「突っ込むぞ！　振り落とされるなよ！」

「大丈夫勇者君！　こうやってうっかり交戦した時点で合図みたいなもんだから！」

「てめえらふざけんなよぉおおおおおお！」

斯《か》くして、人類と魔族。大陸の覇権を賭けた最終決戦の火蓋が切って落とされた。

◆◆◆

城で待ち構える魔王の配下。それを打ち倒し、魔王城を進む勇者達。

その連携は固い。勇者と姫武将が切りこみ、守護騎士が魔法でその二人を補助し、変幻自在の剣技で相手を攪乱、それを後で聖女が癒し、支える盤石の布陣。

「よく来たな勇者よ。我こそは魔国四天幹部。ピンハネのデーモンロード！」

「同じく魔国四天幹部！　ユトリのイービルキング！」

「同じく四天幹部、セクハラのインキュバスロード！」

「ふっふっふ、そして、魔国四天幹部が最強！　無断タイムカードのエンシェントドラゴノイド！」

相対するは魔王の腹心である四天幹部。ちなみにそれぞれの名前の『ピンハネ』は魔族の言葉で奪う者を表し、『ユトリ』は怒りを煽る者や愚者、『セクハラ』は淫らな存在という意味で、無断タイムカードは歴史を変える者という意味になる。

「エセ竜人だ！　殺せ！　それとインキュバスロードは武将とは言え姫として真っ先に殺さなければいけない気がする！」

「姫武将様！　加護魔法を最大で掛けます！　どうかご武運を！」

「食らえ！　軟弱な男を世界から根絶するために歴代の姫武将が研鑽《けんさん》してきた奥義……！　棒金抹殺剣！」

フルスイングの股間殴打。それはまるであらゆる世界の何かと尻に触れてくる不埒者《ふらちもの》を憎む女性の怒りを束ねたような、あらゆる男の恐怖する渾身《こんしん》の一撃。

そのあまりの威力に、直撃を受けたインキュバスロードを直視できる存在は誰もおらず、エルフの守護騎士までもがなんとなく姫武将から距離を取っていた。

「続けて、子孫断絶突き――」

「やめろ姫武将！　魔族だって生きてるんだぞ！　それ以上はあんまりだ！」

「下劣なりヒト族！　食らえ！　オーヴァータイムカッティング！」

「聖霊よ！　勇者様をお守りください！」

「うおおおおおおおお！」

閃光が弾《はじ》けるような、刹那の激戦。勇者達は姫武将が最初の攻撃で相手を怯ませた勢いのまま、四天幹部のクビを切り落とさんと嵐のように攻め立てる。

しかして四天幹部も甘くはない。

最初に股間を砕かれたインキュバスロードも、持ち前の回復力で立ち直し、妙にぬめりを持つ肉の腕を幾つも召喚して、絡み付くような攻撃をしかけ――

デーモンロードは魔力を使った戦法を好む守護騎士や、魔力がなければ大したことのできない聖女から魔力を嫌らしく奪う――

イービルキングは受けたダメージを他者に押し付ける魔法や、全体の動きを鈍くする魔法を使ってチマチマと勇者達の足を引っ張り――

エンシェントドラゴノイドは勇者達が獅子奮迅の戦いを繰り広げた過去を『無かったもの』として処理し、自分達の蓄積したダメージや成果が全て消え去ったことに苦虫を噛み潰したような表情をする勇者達を嘲笑う。

しかし、勇者達は諦めなかった。

肉の腕を操るインキュバスロードの腕をはたき落とし、反撃を仕掛ける。

魔力を奪うデーモンロードには、魔力を使わないため、奪われても問題の無い勇者と姫武将が詰め寄り、その悪行を糾弾するように、激しい攻撃と、厳しい追撃を叩き込む。

受けたダメージを擦《なす》り付けるイービルキングには、言い訳無用。擦り付けるには大きすぎる一撃必殺のダメージを囲んで与え、動きを鈍くする隙すら与えない。

しかし、その中でも過去を操るエンシェントドラゴノイドは、最後まで勇者達を苦しめた。倒したはずの四天幹部が蘇り、与えたダメージがなかったことになる中、ただ徒《いたずら》に勇者達の魔力と気力を奪っていく。

だが、歴戦の勇者達は仲間との繋がりを駆使してそれを乗り越える。過去を消すことすら許さない一撃必殺。その攻撃にてエンシェントドラゴノイドを葬り、四天幹部が守護する魔王玉座へと繋がる扉に辿り着いた。

『……ついに来たか。ヒト族《サル》、エルフ族《雑草》。そして、竜人族《トカゲ》よ』

扉の奥からは、地鳴りのような、獣の唸りとも聞こえる声がする。

その威圧感は、先程までの四天幹部がまるで児戯のように思えるほどだった。

『我に跪《ひざまず》け。許しを請え。劣等種よ。さすれば汝らには、我ら魔族に隷属する人類種の支配者の地位を与えてやろう』

その言葉は、誘惑。しかして、それに心を動かされる者は一人としていない。彼らが求めるのは勝利。人類全体の救済のみだ。

『……愚かな者共め。よかろう。魔国の王にして、史上最強の魔王、ガルベロス・ヘルハウンドが、貴様らに引導をくれてやろう……！』

ゆっくりと、地響きのような音を立てて、扉が開く。玉座にて待つのは、魔王ガルベロス・ヘルハウンド。

ゴブリン、スライムに並ぶ最下級魔族から成り上がった、獣の王。魔法を持たず、特殊な能力も、厄介な体質も持たず、ただ知性ありし獣としての力だけで魔王に至った執念の王が、そこにいた。

「……二つ、謁見する立場として、反論しておかなきゃな」

勇者が一歩踏み込む。

「史上最強の魔王、と言うが、歴史上、勇者に負けなかった魔王はいないんだ」

それに追従して、姫武将、守護騎士、聖女が玉座の間に足を踏み入れる。

「そして、引導をくれてやるのは、こっちだよ。獣の魔王《犬っころ》……！」

ヒト族と魔族。二つの最強が、激突する。

聖女の加護が三人の戦士に力を与え、守護騎士の魔法が魔王を巧みに攪乱する。魔王の強烈な一撃を姫武将が受け止め、その隙に勇者が聖剣の輝きを以て断罪の一撃を放つ。

世界の救済。魔王の脅威の払拭。数々の戦いがあれど、この一戦のためだけに研がれてきた刃が、魔王の心の臓を穿とうと放たれた。

しかして、相手は魔王。力そのものの具現。

どこまでも傲慢に、不遜に。魔国に於いて並び立つ者の無いその力は、有象無象など歯牙にも掛けない。

弱き者は徒党を組み、小さな声を重ねて叫ぶ。しかして支配者である魔王は、いとも単純にその抗議を踏み潰す。

それこそ支配者の在り方であり、魔国の王としての絶対の在り方だった。

その力は、勇者達の巧みな連携すらも小細工と一蹴し、聖女の加護を以てしても届かない圧倒的な攻撃。守護騎士の魔法など気にもかけない究極の防御。竜人族の姫として、竜と遜色のない守りを持つ姫武将を以てしても防ぐことの叶わぬ猛攻。それらが複合する、勇者を圧倒するほどの戦闘力が、瞬く間に勇者を追い詰めていった。

「くっ、なんて力だ……」

「ふはははは！　勇者よ！　その程度か！　我はまだ実力の七割も出していないぞ！」

勇者の膝が崩れる。聖女は慌てて治癒の魔法を施し、守護騎士と姫武将は勇者を守るために前に出る。しかし、すでに姫武将の鎧はボロボロになり、守護騎士の魔力の輝きも弱っている。傷も、少なくはない。

「聖剣の最後の封印を解いても七割だと言うのか……」

治療を受けてもなお消しきれないダメージ。そして、底の見えない魔王の力に、勇者が呻《うめ》く。

「諦めるな勇者よ！　その命が尽きるまで、己が使命を全うする！　それが竜人族の習わし！」

それを叱咤する姫武将だが、竜人族の高い治癒力と耐久力を以てしても、無視できないほどのダメージが蓄積し、今この瞬間にも彼女が崩れてもおかしくはなかった。

そんな姫武将を見て、エルフの守護騎士は、覚悟を決めたように笑った。

「くっ、ここは、仕方がないね。僕が囮になる。その隙に、勇者君は逃げてくれ」

次に希望を繋ぐため、守護騎士は死地へと踏み込む。世界樹の枝より切り出した宝剣の輝きは、その一瞬の守護騎士の命の瞬きのように、激しく煌めく。

聖女様は、それを見ていることしかできない自分に歯噛みしました。

聖女様の魔法は、ガルベロス・ヘルハウンドのような闇の要素の薄い魔族には効果がありません。だからこそ、他の三人に多くの加護を与えて、最高の治療を施してはいましたが、それだけしかできない自分が情けなくなりました。

自分にもできること、それを必死に考えます。

王族として、導くものとして、率いるものとして、ヒト族の、人類全ての明日のために涙を流す聖女様。

その瞬間、空間が揺れました。

それは、魔法に秀でた守護騎士さんと聖女様以外には感知できないほど小さな揺れでした。

守護騎士さんはそんなものを気にしている余裕がありませんでしたが、聖女様は空間の揺れと同時に発生した、全聖霊が震え上がるほどの死と闇の気配を感じて、思わず息を呑みました。

ドスン、と一歩。巨獣のような足音。

ガシャガシャッ、と雑踏。乾いた足音。

それらが波のように扉の外から近付いてきて——

聖女様にだけ聞こえる、聖霊の声。それら全てが一斉に叫びました。

『——逃げて!!』

闇が慟哭《どうこく》しました。

一直線に、勇者様と姫武将さん、聖女様を弾き飛ばすように放たれた闇の一撃が、邪魔だと言わんばかりに守護騎士さんを吹き飛ばし、魔王様に直撃します。

「何者だ!」

魔王様の叫びの先。勇者様達が逃げようとしていた高さ十メートル程の廊下の先に、巨大な影が現れます。

聖女様は、それを見て、思わず膝をついてしまうほどの恐怖に襲われました。

それは、大量の死霊でした。槍を持つ骸骨や、動く腐った肉体、原型も留めぬ様々な死体を粘土のようにくっつけたような異形の化け物、そして、半ば白骨化した頭が三つある巨大な狼です。

「何者だ、だって？」

低い、低い。怒っているようで、疲れたような悲しい声が響きます。

「貴様の下々の負担を考えない国家運営の被害者だ馬鹿野郎！」

狼が駆け出します。唖然とする三人を軽々と飛び越え、守護騎士さんを移動の風圧で吹き飛ばし、魔王様に一瞬で肉薄します。

魔王様がそれを、姫武将さんすら捻り潰すほどのパワーで吹き飛ばしますが、それと同時に、聖霊すらも恐怖する濃縮された『死』がそれから飛び降りていました。

暗い、冥い。どこまでも深い闇が広がります。

聖剣の瞬き、宝剣の煌めき、聖霊の輝きをも呑み込むような無限の闇は、その『死』――ボロ布を纏う白骨死体の持つ封筒のようなものに収束し、暴力的な魔力の波動を伴って、魔王様に叩きつけられました。

「こんな糞みたいな国の国家公務員なんざ辞めてやらあっ！」

白骨死体の絶叫が響き渡ります。聖剣の一撃でも怯むことの無かった魔王様が、その闇の一撃を受けて、かなり離れた玉座に叩き付けられます。

　その闇の魔法の威力を物語るかのようなその光景に、つい先ほど竜の上で読んだ、歴代聖女の手記を思い出しました。

「下級の死霊に擬態し、聖女の結界すら破壊するような力を隠す魔族……」

　聖女様は無意識のように言葉を漏らします。

「死にたくない！　戦いたくない！　前線なんて死んでもごめんだ！　だから『変異《ミュータニング》』を拒否り続けた！　何度勤め先にヒト族の軍隊が攻めてきて撃退して『霊滓《エナジー》』が溜まってもひたすら『変異《ミュータニング》』したくないと願い続けた！　見た目がワイトなら誰も気に止めないからだ！」

　悲哀すら感じられるほどの絶叫。まるで誇れない、生への渇望。

「卑屈なまでに生に執着する死霊……」

　しかし、それは死霊とは思えないほどのヒト族的な感情で、その白骨死体の背中は、歴戦の強者でもなんでもなく、ただただ人生に疲れてとぼとぼと帰路に着く、王城の文官のようにも見えました。

「ま、まさか……先々代魔王……つまり、千年もの時を生きていたと言うのか!?」

「ああ。仕事してたらあっと言う間だった。だがもう……その仕事も終わりだ。今月分の給料はくれてやるぜ……どうせ減給で百ゴールドくらいだしな」

　白骨死体は空間魔法を発動しようとします。練り込まれる魔力の膨大さからして、また遠くに飛んでいくつもりなのはわかります。

「ま、待ってください！」

聖女様は咄嗟《とっさ》に叫びました。直感が、この白骨死体……普通ならこん棒を持った一般人でも殴り倒せる最下級死霊であるワイトが、この状況を打開する切り札になると告げていました。

「ヒト族の聖女様ですか……ご苦労様です。私一介のワイトはヒト族に危害を加えるつもりは無いので放っておいてください」

そのワイトは、業務的に、それでいて怯えた様子さえ見せながら、転移を急ぎます。

聖女様は必死に思考を巡らせました。今までのワイト氏の言動、そこからして、ワイト氏を引き留めるための手段を模索します。

そして――

「貴方は今、魔王の手下をお辞めになられたのですね？」

「はい。ですので、ヒト族と敵対するつもりは……」

「私はヒト族最大の国家の王女！　ですから、貴方の新たな雇用主になることができます！　週休二日！　ボーナスも保証します！　給料も手取りで三百ゴールドを約束いたします！　どうか、共に魔王と戦ってくださいませんか!?」

もう無我夢中で雇用条件を提示していました。現実的で、嘘だとは思われないよう、咄嗟の条件でしたから、今年の新人文官の雇用条件と全く同じです。

しかし、それでも効果は劇的でした。まるで、雷に打たれたかのように震えながら、ワイト氏が返答します。

「……社長とお呼びすれば宜しいでしょうか？」

「はい！　では社長命令です！　魔王を倒しなさい！」

「わかりましたあああああああ！」

ワイト氏の絶叫。そこから始まる、勇者達の逆転劇。これもまた、聖女の綴る手記として、永遠に語り継がれていくのでした。

第3話　くっころ姫騎士さんと紳士なオーク氏

MR.WIGHT,

WHO IS AN EXCELLENT CIVILIAN AND AN UNDEAD,
IS WORKING AT THE GOOD WORKPLACE.

「くっ、殺せ」
　ここはとある帝国と、勇者によって倒された魔王の手下である魔族のオーク族との戦場だ。その
ど真ん中で行われた姫騎士さんと、胴の太い鎧に身を包んだオーク氏との戦いは、オーク氏の勝利
で終わっていた。
「貴様らオークの穢《けが》れた欲をぶつけられるくらいなら、ここで殺せ！　我が忠義は永遠なり！」
　剣も折れ、すでに立つ力すら失っていても、姫騎士さんの眼光の鋭さは衰えない。帝国の姫殿下
を守るために、女としての一切を捨て去り、その身を捧げた姫騎士さんの意思は、その剣よりもよ
ほど頑丈だった。
「……拘束して勾留しておけ」
「了解しました！」
　統制の取れたオークさんの仲間に縛り上げられ、姫騎士さんは連れられていった。
（ああ、穢されてしまう……）

一説によれば、オークは他種族を孕ませるのだと言う。オークはその人間とは比べ物にならない生殖器で他種族のメスを犯し、犯されたメスはオークに犯される精神的苦痛と、肉体的快楽の間で心を病んでしまう。姫騎士さんはその知識を自分の未来に照らし合わせいっそ自害してしまおうかと思った。

やがて、姫騎士さんは道中で付けられた目隠しと猿轡《さるぐつわ》を外され、後ろ手に拘束された状態で独房のような場所の椅子に座らせられた。

「ふん。下賤なオークの好みそうな場所だ。知能がある仮にも知性ありし魔族と語りながら獣欲に支配された淫獣め！」

「っ……！　もっと……ではなく、落ち着いてください」

姫騎士さんが冷静にオーク氏を見ると、オーク氏は姫騎士さんのよく知るオークとは大分違っていました。見た感じは細く感じますが、ほどよく引き締まった筋肉質な体をしていて、とてもではありませんが戦場で見たような肥えた体つきには見えません。

「私は、オーク族の戦士長をしております。まず、大前提としてお話しいたしますが、貴女は現在捕虜として拘束されています」

「捕虜だと？　はっ、知恵があると見栄をはっているのか？　正直に言えばどうだ！　オーク族の獣欲を満たすためだけの性奴隷にすると！　野蛮なオークめ！　我は屈しないぞ！」

「あ、ああ……はっ！　すみません。良い罵倒だったもので。いえ、本当に捕虜として丁重に扱わせていただきます。現在は反抗的な様子ですので、拘束させていただいていますが、恭順な姿勢を示していただければ他の捕虜と同様に扱わせていただきますので」

「丁重だと？　無様に腰を振るしか脳のない貴様らオークにしては上品な言葉を使うな！　抵抗する女を無理矢理犯す、貴様らの腐った頭にもそんな言葉が存在するとは驚きだ！」

「ブヒィッ！　ありがとうございます！　……ではなくてですね、我々は捕虜を凌辱するような真似は致しませんし……」

「最終的に堕ちるから凌辱ではないと言いたいのだろう？　貴様らはそうやって自己弁護をしなければ悪行のひとつもできないのか。クズの中でも救えない中途半端なクズだな！」

「はぁ、はぁ、はぁ……っ！」

「一人前に怒るか？　獣め！　やはり貴様らには理性など存在せぬようだな！」

「も、もう限界だ！　これ以上言われたら私はどうにかなってしまう……！　卑劣なりヒト族……！」

オーク氏は息を荒く逃げ出し、姫騎士さんは勝ち誇った笑みを浮かべました。きっとオーク氏は姫騎士さんの並々ならぬ気迫に圧されていてもたってもいられなくなったのでしょう。

（今日一日は乗り切れたな……だが、それも長くは持つまい。早く援軍が来てくれれば良いのだが……）

心の中で仲間の救助を期待する姫騎士さん。彼女の捕虜生活は始まったばかりなのでした。

「朝だ！　起きろ！」

　姫騎士さんが目覚めると、部屋を移されていました。ベッドが四つ設置されており姫騎士さんは捕虜の収容施設なのだと当たりをつけました。

「よし、全員いるな。それぞれトレイを手に食堂へ移動せよ！」

　その号令がかかると、姫騎士さんの他に三人いた捕虜のヒト族がそれぞれトレイを取り、鉄格子の扉を抜けて出ていく。

「あ、姫騎士さん！」

「っ！　貴様は昨日のオーク……！　ふん、我に捕虜の生活をさせて心を折る算段だな？　低能なオークめ！　貴様らの策略程度でこの私が折れる訳がないだろう！」

「低能……はあっはあっ……おほん。いえ、私達が捕虜を蔑《ないがし》ろにしていないと証明するために、通常の捕虜に交じって生活していただこうと……」

「気持ちの悪い目で我を見るな淫獣め」

「ありがとうございます！　……ではなく、私は監視役ですので……」

「監視……」

姫騎士さんは剣や槍がなくても強くはありますが、目の前のオーク氏は恐らくオーク系の第四変異個体であるオークジェネラルです。流石に素手では勝てません。そもそもの話、武器を使っても負けているので、逃げることは不可能と考えました。

そんな姫騎士さんが渋々従って食堂に行くと、整列した捕虜達が順番に食事をトレイの上に載せて、席について食べていました。食事をしているのは捕虜だけではなく、オークも一緒です。

「貴様らの食事風景を見せられながらの食事など拷問だな」

「くっ……っう……はあっ。食事はコミュニケーションをする上で大切ですので。我々は容姿の違いや文化の違いで戦争をしていますが、こうして捕虜の方々とわかり合えたなら、それを架け橋に他のヒト族ともわかり合えると信じています」

「……っ！　貴様ら豚とわかり合えだと？　冗談はその醜い顔だけにしろ！」

中々に立派な心情を語られて一瞬何も言えなかった姫騎士さんでしたが、これも姫騎士さんを懐柔する作戦の一つだと思い、辛辣な言葉を返します。オーク氏は、プルプルと震えて何かを堪えている様子でした。

捕虜の中には、姫騎士さんの見知った顔も多くいました。そして、その中には、オーク族と普通に話して笑いあっている者もいます。姫騎士さんは洗脳だと自分を納得させて、反抗の意思を示すために、美味しそうな食事の盛られたトレイをひっくり返そうとしました。

「豚の食事など、食えてたまる――」

しかし、その手を屈強なオーク氏の手が押さえました。姫騎士さんが振り向くと、オーク氏は見せたことのないような怖い顔で言いました。

「種族、文化は違うでしょう。しかし、食事をするということは変わりません。貴女は私達が用意した食事を豚の食事だと言う。しかしこれは、調理場でヒト族とオーク族の両方が受け入れられると考えて、ヒト族とオーク族が協力して作った食事だ。そして、食材は元々は全て命、それを食らうことで我々は生きているのですから、食材の命と、料理した者に感謝し、残さず食べる。それこそが、人道ではありませんか？」

オーク氏のそんな言葉に何も言い返せなかった姫騎士さんは、ヒト族の文化である食前の祈りを捧げて、食事を頂きました。それは温かく、何故だか故郷の味がしました。

◆◆◆

「オーク族とは、何なのだろうか……」

捕虜として囚われ、早くも一月が経とうとしていた。その間にわかることは、オーク族への誤解だらけで、戦争の意味すらわからなくなってくる。

姫騎士さんが醜い、肥えていると罵った体型は、実は腹の部分が膨らんだ鎧を文化的に愛用しているだけで、実際は筋肉質な者が多いこと。

姫騎士さんが他種族のメスを犯すと蔑んだ文化は、存在すらしていなかったこと。むしろ嬉々としてオーク族と関係を結ぶ女兵士すらいたということ。

捕虜への労働義務はあるが、ヒト族の国のように鉱山で働かせるような危険なものではない。自由時間も保証され、食事もオーク族の食べるものと同じものが出る。そして、捕虜は皆が笑っていた。

果たして、報告の通り、最初に仕掛けてきたのはオーク族なのだろうか。冷静に考えれば、個体数の少ないオーク族がヒト族の領土を侵害するメリットなど無いのだ。

「これでは、どちらが野蛮なのか」

姫騎士さんがそう呟《つぶや》いた時、慌てた様子で収容施設の監視のオーク族が現れ、次々と収容施設の牢を開けていきます。そして、オーク氏が現れ、全体に聞こえるような大声で言いました。

「現在！　東の山の大型のドラゴンがこちらに接近している！　標的は我々オーク族だ！　ヒト族の皆は逃げてくれ！」

東の山のドラゴンは温厚なドラゴンですが、一度危害を加えると途端に狂暴になります。それが迫ってきているということは、オーク族がドラゴンにちょっかいをかけたということです。

「何が起きた!?」

姫騎士さんは近くにいたオーク族に詰め寄ります。姫騎士さんは、オーク族がそんなことをするはずがないと確信していたからです。

「ひ、ヒト族だ！　ヒト族がオーク族の仕業に見せかけてドラゴンに攻撃したんだ！」

姫騎士さんの鋭い眼光に怯んだオーク族の戦士が、事情を話します。

「そんな！　そんなことをするはずが……」

しかし、姫騎士さんには心当たりがありました。オーク族の集落をドラゴンに襲撃させようという計画も確かに存在していたからです。

姫騎士さんの仕える姫殿下はそれはそれは立派なヒト族ですが、帝国も一枚岩とは言えず、そのような騎士道を軽んじる作戦を立案する一派もいるのです。

「外道め！　オーク族だからといって、民間人を巻き込むなど……！　それに、捕虜もいるのだぞ！」

姫騎士さんは、そのオーク族から剣を奪い、外に出ます。すると、遠目に迫ってくるドラゴンの姿を見つけました。

姫騎士さんはドラゴンと戦った経験もあります。しかし、それはせいぜい馬車ほど大きな地を這う蜥蜴《とかげ》といった風な最下級のドラゴンで、今迫っているような、岩山のような巨大な体躯で空を飛ぶ、本物のドラゴンは比較にすらなりません。

「姫騎士様！　逃げてください！　ここは我々オーク族が！」

太って見える鎧を着て、大きな戦槌を構えたオーク氏。オーク氏は確かに強いです。魔法的には最下級ですが、身体能力では悪魔族にも匹敵するオーク族、その第四変異個体であるオーク氏は、魔王軍の中でも最上位の実力を持っているでしょう。

しかし、それでもドラゴンに挑むのは、無謀です。ドラゴンとは、歴史上に数えるほどしかいない勇者や魔王が、命をかけて討ち取るような、最強の生物なのです。

「これは……償いだ。私はオーク族を誤解していた……それに、貴様らはヒト族の捕虜も守ろうとしてくれただろう？　ならば、私もオーク族を守ろう。姫殿下に捧げたこの剣だが、今だけは、未来の同胞たるオーク族に捧げよう……！」

「姫騎士様……っ！　わかりました。よく聞けオーク族の戦士達よ！　この場においては、オーク族もヒト族もない！　ただ、命を守るために、我々の命を使う！　命が惜しいものは、今すぐ剣を捨て退避せよ！」

しかし、誰も逃げ出しません。それどころか、ヒト族の兵士の捕虜も、没収されていた鎧や剣を装備して、戦うつもりでいます。

それを見て、ヒト族とわかり合う未来を確かに見たオーク氏は、姫騎士さんの隣に並んで、覚悟を決めたように語りかけます。

「姫騎士様。実は、この戦いを終えたら言いたいことが」

「聞いてやろう。その代わり、必ず生き残れよ」

戦友のように言葉を交わして、ついにその全容を目視できるほど近付いたドラゴンを相手に、それぞれ武器を握り締めました。

ドラゴンの力は強大です。勇者によって倒された魔王すら手を出さなかった存在ですから、それはそれは強いです。オーク族とヒト族が束になったところで、敵《かな》う相手ではありません。

ですが、オーク族とヒト族の戦士は、空から急襲するドラゴンに向かって、果敢に立ち向かいます。

自分達の命をかけて、少しでも多くの仲間を救うため、その足取りは強く、雄叫びは獅子のようです。


そして、そこに一陣の風が吹き荒れます。

その風の主はオーク族もヒト族も関係なく風圧で吹き飛ばし、ドラゴンに体当たりします。風の主はドラゴンとほとんど同じ大きさでしたから、ドラゴンと揉みくちゃになって地表を転がりました。

「あれは……ケルベロス!?」

姫騎士さんは風の主を見て、魔物の住処の果て。冥界と呼ばれる場所にいるといわれる三頭の狼の名を呟きました。

そして、それは確かに、半ば白骨化してはいるものの、頭を三つ持つ巨大な狼でした。

それを見て、オーク族は歓喜の声を上げました。

「あ、あれは、ジョンとポチとミケ……！　まさか、オーク族の盟友が駆けつけてくれたのか！」

「オーク族の、盟友？」

姫騎士さんが、首を傾げます。一月以上もオーク族と暮らしていましたが、そんな存在は聞いたことがありませんでした。

そんな姫騎士さんの目の前の空間が歪み、そこから一人の魔族……そこら辺の白骨死体にボロ布を被せただけの、死霊にしても簡素な魔族が一人現れました。

「大丈夫ですか？　オーク氏？」

「救援感謝いたします！　ワイト氏！」

「わ、ワイト氏？」

そういえば、風の噂で聞いたことがある。と姫騎士さんは思い出しました。

勇者が魔王を倒す時、共に戦い、勇者以上に魔王を追い詰めた魔族がいたと。

その魔族は、数多《あまた》の死霊と、魔獣の亡骸を使役していたと。

きっと、その魔族は高位の死霊魔法が使えて、こうやって自分の眷属を使ってオーク族の救援に来たのだと、姫騎士さんは思いました。

「私は、王国より派遣された帝国とオーク族の和平協定の仲介を担当いたします、ワイトと申します。さしあたってはまず――」

――共通の脅威を払うところから始めましょう。

その光景を、姫騎士さんは忘れないでしょう。たった一人の魔族。それも最下級の死霊が、全生命の頂点に立つドラゴンを蹂躙《じゅうりん》する姿を。

◆◆◆

「このあと、無事にオーク族との和平が成立して、お父さんとお母さんは結婚したんだぞ」

「へえー！　お父さんとお母さんでせんそーしてたの？」

「ああ、お父さんは強かったんだぞ」

「でも、この間寝る部屋でお母さんがお父さんと喧嘩してたよ？」

「いや、あれはお父さんが望むから……なあ、オーク氏？」

「子供にはまだ早いですよ。姫騎士様」

そんな一家の楽しげな会話は、いつまでも続いたとさ。

第4話　中間管理職文官長、新人を得る

MR.WIGHT,

WHO IS AN EXCELLENT CIVILIAN AND AN UNDEAD,
IS WORKING AT THE GOOD WORKPLACE.

彼は中間管理職だった。

その昔、まだ若かった頃、うっかり上司に反逆したがために左遷され、後に人材の冥界と呼ばれる会計課、現在は悪夢の金庫番と呼ばれる部署に左遷された男だ。

彼の仕事は、一杯のコーヒーから始まる。しかして、そこに優雅さなど欠片もなく、今日も今日とて書類との戦争だ。

王国内で日々消費される公費。明らかに私用だと思われる食事の領収書から、国家事業の大型工事まで、幅広い金の流れの監視を扱う会計課は、無謀にも上司に逆らう正義系男子にはうってつけの職場だった。

「文官長」

「なんだ」

「軍部の糞袋共がこの間の宴会の領収書が受理されてないのが納得できないとごねてきました」

「あー……うん。わかった。ざっけんじゃねえよ脳筋共が……」

魔国との戦争で？　自分達の失態で奪われた小さな砦を奪い返した祝い？　士気の維持のため？　馬鹿じゃないのか軍部。自費でやれよ。

と、戦時中で常にカッツカツの経費を圧縮しろという上の方の方々と、もっと経費を寄越せという下々の板挟みに苦しみながら、もはやルーチンワークと化したごねている部署の鎮静化を済ませてデスクに戻ると、確認待ちの書類の山が。

聞く話によると、魔国の方では国の方で戦争を主導しなくても、国民が勝手に戦争してくださるとか。新兵器とか開発しない力こそパワーなごり押し戦法に加えて、たまに頭の痛くなるような狡猾な害悪戦法までやってくるが、金を使ってる感じがしなくて素晴らしいと思う。

その点、ヒト族の軍部は何から何まで金かねカネ。ある程度は現場と事務で認識が違うにしても、絶対必要のないものまで金。あと、存在しないものにも金。理解できない。

「あー……早く戦争終わんねえかな……」

終わったとしても、戦後処理から戦後復興まで、仕事は減ることは無いのだが。

◆◆◆

「この度、会計課に配属されたワイトです。宜しくお願いします」

「えー、皆さん。この方はワイトですが、此度の魔王討伐で――」

王女様が色々説明しているが、なんかもうどうでも良かった。ふうん？　魔族なんだ？　で？　仕事できるの？　とかそんな感じだ。会計課においては種族とかそんなのはどうでもいい話で、処理能力の高さだけが優先される。

なんか聞いてる限り凄い魔法使いらしいが、魔法で事務処理できるの？　できないなら魔法とか無価値無意味。未使用の魔法触媒あるのに、新開発の触媒導入しようとする軍部死に絶えろと、おおむね平和的に、新たなる新人《ぎせいしゃ》を受け入れた。

新人には、複雑な処理が必要の無い記入書類だけを任せておく。下手にミスをされると、全体の作業に支障が出る。

「あの、文官長」

「どうした。替えのインクならあっちだぞ」

「いえ、確認をお願いします」

「……わかった」

やけに仕事が早い。まあ、新人ではたまにいる。これでミスが無ければ完璧なのだが……と見たが、完璧だった。

「……そういえば、魔国で文官やってたんだっけな……」

新人は新人でも、経験者だ。つまり、即戦力になるらしい。魔族だし、ちょっと信用はおけない、少し難しい仕事を任せてもいいかもしれない。

と、文官長は仕事の分配を調整し、全員の仕事量の平均の半分程度の処理をさせることにした。

そしてしばらくすると……

「あの、文官長」

「なんだ？　トイレなら向こうだぞ」

白骨死体が便所を利用するのかと自分でおかしくなったが、次いで目の前に出された書類を前にして、笑う前に表情が固まった。

「確認をお願いします」

「お、おう……」

ざっと数字を確認。おかしいところは見つからない。見つからないのだ。

窓から太陽を見ると、まだ沈んでいない。それどころか倍の時間があっても定時にすらならない。使える。文官長はデスクの下でガッツポーズした。年に一人新人が来るか来ないかの職場で、なんかついに生者すら来なくなったかと思ったが、仕事ができるなら死んでいてもいい。むしろ死んでていい。

「お疲れさん。初日からよく頑張ったな。とりあえず今日のところはこれでいいよ。明日から本格的にな」

ここで焦ってはいけない。部下は資源《かぞく》。長くゆっくり壊れないギリギリで使う必要がある。できれば大事に使いたいが、そんな余裕は会計課にはない。

「え？　いや、まだ定時にもなっていませんが……」

「ははは……なんか、魔国も酷かったんだな」

定時を帰るものだと認識していない発言に、少し親しみを覚える文官長。定時で帰っていいのは身内に不幸があった奴と、子供が誕生日の奴だけだ。

そうして、ふと文官長は、新人の隣の空きデスクに、もう一体白骨死体がいることに気付く。

「ちょっといいか？　なんだあれ？」

「え？　ああ。死霊です。計算処理はできませんが、写しが必要な書類を書き写すくらいならできます。私と違って真の意味で疲れを知らないので、便利なんですよ」

「ほー！　ほー！」

惚れ惚れする新人の性能に語彙力を失う文官長。いつか全文官が夢想した、自動で複製が必要な書類を複製してくれる夢の道具、それに果てしなく近いものがそこにはあった。

「精神が無い程度に知性が無く、文字を書く程度に知能がある死霊は中々いなくて、数を揃えるのは難しいですけどね」

「ステイ。複数出せるのか？」

「はい。数体くらいなら」

「全体連絡！　この中で現在書類の複製作業をやってる者は挙手しろ！」

おずおずと一人が手を挙げ、文官長がその原本を引ったくるように新人に渡す。新人はそれを受け取って、背後にぞろぞろと現れた死霊に、複製用の紙とともに渡すと、死霊は空きデスクについて、黙々とその書類を書き写し始めた。

その作業は、普通の文官がするよりも遅い。一枚を仕上げる間に、文官なら二枚仕上げられるだろう。

しかし、一枚の複製が終わると、複製した紙を原本に、二体が同じ処理を始める。鼠算式に処理個体は増えていき、あっという間に規定の枚数の複製が終わった。

「「「「おおおー！！！」」」」

文官達の夢だった、自動で書類を複製してくれる道具。思っていたのとは大分違う気がするが、結果さえ伴えば形など二の次だ。

文官が倉庫から余っている長テーブルと椅子を複数持ってきて、複製担当の死霊達の場所を作る。知能は高くない死霊達は、新人以外の指示を受け付けない様子だったが、右に置いた書類を複製して左の箱に入れるという指示にする形で、万人が使えるようにした。

しかし、ここで文官長が問題に気付く。

死霊魔法とは言え、魔法は魔法だ。それは魔力を使っているということであり、維持コストがかかっているということだ。そのコストを支払っている新人が心配だった。

「なあ、魔力は大丈夫なのか？　知能のある死霊ってくらいだし、凄い魔力使ってたりしないか？」

「総量から見れば微々たるものです。それに、高位の死霊を呼び出している訳ではなく、個体差のある死霊の中で、比較的知能の高いものを選んでいるだけなので、普通の死霊とほとんど変わりはありません」

後日、これを全体に導入すれば業務の効率化が図れると思って知り合いの死霊魔法使いに相談しに行った文官長だったが、死霊の個体差など意味がわからない。文字が書ける死霊はいるが、指示したものを書ける死霊の意味もわからないと一蹴された。

「当たりだな……」

今年は新人は来ないと思っていたが、まさかの大当たりを引くことになり、文官長はご満悦だった。

この日から、会計課の仕事は大きな加速を見せた。

新人の空間魔法は時間がかかる現地視察作業を大幅に短縮し、様々な雑事を死霊が引き受けることで、仕事自体が効率化。さらに、新人の文官三人分以上の事務処理能力も手伝って、一時にはその速度に他の部署が付いていけなくなり、仕事が少なすぎる空隙まで生まれたほどだ。

しかし、世の中そんなにうまく行く訳もなく、稼働が上がればそれを酷使すべく仕事が増える。努力に対して増えるのは給料ではなく仕事量だった。

しかも、それが会計課という部署全体に襲い掛かったのだ。会計課は財務部の中の一課でしかないが、仕事早いならこれもやってよと他の部署が会計課に仕事を回す。

王国全体で見れば合理的なのだが、会計課の面々からすれば理不尽でしかなかった。だが、忙しさに巻き込まれるにつれて、理不尽さすら忘れていった。

この頃だろう。会計課が人材の冥界とまで呼ばれるようになったのは。激化する仕事。それに対応して能力が上がっていく文官達。他の人や上司が仕事する分魔国の十倍マシと楽しそうに仕事をする新人。会計課は、混沌の渦にあった。

「俺なんか独立できる気がしてきた。なあなあ、俺辞めて商売始めるって言ったらお前らついてくる？」

「安定性と給料次第で」

「開業一年様子見て判断します」

「私は社長の部下なので、社長の指示次第です」

「お前ら薄情だなオイ……ワイト空間輸送サービスとか儲かりそうなんだが」

「「「あー……」」」

「何ですかその私に負荷十割来そうなサービス」

普通の会話の中に、白骨死体が交ざっていても誰も気にしない。他の部署……無能揃いの総務の文官が来ると、その圧倒的な負のオーラに立ち尽くしてしまうような異境。それが会計課だった。

しかし、びくんと新人の白骨死体が肩を跳ねさせると、全員が一度、ネクタイを締め直した。

新人が怯え出すのは、とある方が来る証拠。新人の立ち位置は特殊で、文官長の指揮下にはあるが、文官長の部下ではない。つまり、文官長とは別に上司がいる。

その上司こそ——

「失礼します。お忙しかったですか？」

「「「イエイエ、コレッポッチモ!!」」」

実際は地獄だ。皆疲れている。仕事を擦り付けた他の部署が平気で定時に帰っていくのを見送るのにすら違和感を抱かなくなるほどだ。

「ワイト？　慣れないヒト族の仕事で根を詰めていたりはしませんか？」

「いえ、ご心配なく。良い上司と有能な同僚がいる部署ですから、魔国よりずっと快適です。本当に社長のお陰です。ありがとうございました」

「そうですか？　あまり無理をしないように。聞けば遅くまで仕事をしていることも多いようですし、あなたは溜め込むところがあるようですから、何かあればすぐに言うように」

王女様からここまで目をかけられる新人を羨ましく思う一方で、これじゃ仕事がきついとか間違っても言えねえなと同情する文官長。

新人は、確かに疲れ知らずだ。座りすぎで腰を痛めることも無ければ、指も目も疲れない。そもそも存在していないからだ。

だが、疲労と無縁ではないことを文官長は察していた。生身の文官と、新人の違いは、肉体の限界が無い代わりに、精神の限界の上限が無いことだった。だから、極限まで精神が疲れていても働き続けられる。

「……しっかたねえな……」

ガタッと文官長が立ち上がる。元々絶望的な出世がさらに遠退くなと皮肉げに笑って、王女様に歩み寄った。

「王女様。こいつのことで少しお話があるのですが、宜しいでしょうか？」

「文官長？」

新人は驚いた様子で自分を見ていた。ただの白骨死体だが、何となく疲労の色が窺える。三倍働くというのは、三倍疲れるというのと同義だ。疲労の頂点がないというのも困りものだ。

「ええ、大丈夫です。ちょうど、ワイトの仕事ぶりについて話がしたいと思っていました。私の執務室で宜しいでしょうか？」

「いえ、小会議室でお願いします。執務室は恐れ多く、小会議室の方が都合がいいこともありまして」

「わかりました。そうしましょう。ワイト、あなたは今日は定時に帰りなさい。これは社長命令です。わかりましたね？」

「定時に……わかりました。仰せの通りに」

定時に帰れと言われ、喜ぶ前に困った表情を浮かべた新人の肩を叩いて、文官長は王女様の後ろについて、小会議室に向かった。

◆◆◆

「働きすぎていますか」

「働きすぎています」

小会議室について、着席早々交わされた会話がこれでした。王女様も、新人……ワイト氏が色々と溜め込む癖があることは知っていたので、予想の範囲内だったのです。

「本人はまだ軽いと思ってるようですが、疲弊は濃いですね。我々ヒト族だととっくに潰れています」

「そうですか……魔国時代、逆らえば死ぬと抑圧を続けていたようですから、やはり……」

「行き過ぎですね。仕事ができて、疲労が精度に影響しないのがなお悪い。こっちで止めてやらないと、永遠に続けますよ。あいつ」

ヒト族なら感じる限界も、死霊のワイト氏にはありません。精神的な疲労こそありますが、そこの我慢強さに関しては、魔国時代に筋金入りです。

「さらに言えば、他の部署が調子に乗っています。仕事の再分配と効率化といえば聞こえはいいですが、要は自分等が楽するために会計課《うち》に仕事を擦り付けている。まあ、ある程度はうちがやった方が効率的で結構なんですが……行き過ぎです。仕事が倍で給料も倍ならともかく、仕事が三倍で給料据え置きは、如何《いかが》なものかと」

　文官長も手をこまねいていた訳ではありませんが、人材の冥界の会計課。そこの文官長に大した権力があるわけでもなく、効率化というもっともらしい理由をつけられては、仕事の流入を止められませんでした。

「私の方から見直しをさせましょう。はぁ……嘆かわしい。ワイトには社長と呼ばれ、王女と言えど悲鳴が上がるまで気付けないなんて」

「末端の声なんて届くだけ僥倖《ぎょうこう》です。その点に関しては、新人……ワイトには感謝していますよ。少なくとも王女様に話をすることはできました」

「逆なのです。可能なら、ワイトからその手の声を聞きたかったのですが……」

「あいつには無理でしょう。現状に違和感を抱いてない。仕事は選ぶものじゃなくて、あるもの全てだと思ってる」

「言い聞かせる必要がありますね。ああ見えてもワイト、多趣味で休みはあればあるだけ用事があるようなヒトなのですよ？　救国の英雄ですし、もっと楽をしても良いと思うのですが……」

「いや……その趣味の中に仕事も入ってるタイプですからね。ある程度の仕事は喜んでやってますし。むしろ総務の分量だと物足りないとまで言ってましたて……」

「総務の方々はそこまで少ないのですか？」

「普通より少ない、くらいですかね。うちの半分以下です」

ですが給料は総務の方が高いのです。会計課は内部左遷先だ。昇給も出世も希望もありません。現世の地獄です。

「内部調査が必要ですね。一度全体の配分を確かめて……これで、少しでもワイトが楽をできると良いのですが……」

「王女様の心遣いだけで天にも昇り……はしないと思いますが、充分だと思いますよ」

これが終わってからを繰り返し、結局帰らないようなワイト氏です。成仏するにしても、この仕事が終わってから……で結局成仏しないことは目に見えていました。

「文官長様？　これからもたまにワイトの様子を報告してほしいの。ワイトから報告を聞くと、どうしても国政の話になってしまって……」

「あー、わかりました」

ワイト氏は数字からボソッと未来予知することはあっても、自分のことは無頓着です。痛みや疲労というものがある肉体がないので、まっとうなヒト族のよう、自己管理というのが苦手なのです。

「それにしても、お給金ですか……三百ゴールドというのは、安いのですか？」

「新人としちゃあ上等ですが……あいつだと倍出してもいい気がします」

「そうですよね。ワイトはとても有能ですから。実は、ワイトは魔王城でスカウトしたのですが、危機的状況で三百ゴールドと言ってしまいまして、今までそのまま……」

「これでもあいつ、物凄い貰えてるからその分働くって張り切ってますが……あいつ、魔国で幾ら貰ってたか知っていますか？」

「ええと、確か、減給込みで百ゴールド？　とか」

おおう……と文官長は心の中でワイト氏に十字を切ります。百ゴールドというと、一般的な日雇い労働者でも、頑張れば一ヶ月で稼げる金額です。ごく普通の定職に就く一般市民でもそれよりは稼ぎます。ワイト氏の仕事量で百ゴールドというと、あまりにも報われません。

「とりあえず、いきなり倍にしてもワイトが畏縮してしまいますから、研修終わりということで少しずつ上げていきましょう」

「そうですね。いきなり倍とかにしたら、あいつ、今の倍の仕事しかねません」

そうなるとそれに目を通さなくてはならない自分も死んでしまうと、半ば本気で思う文官長だったのでした。

第5話　文官ワイト氏、異世界召喚する

MR.WIGHT,
WHO IS AN EXCELLENT CIVILIAN AND AN UNDEAD,
IS WORKING AT THE GOOD WORKPLACE.

「ワイト、古代にあったという、異世界召喚の魔法というのを知っていますか？」

「異世界召喚、ですか？」

そこはヒト族最大の王国の王女の執政室。その王女様の直属の部下であるワイト氏は、聞きたいことがあると王女様に呼び出されていた。

「えーっと、六……五百年？　それくらい前の勇者が異世界の方でしたね。いやー、奴は恐ろしかったです。魔族のことを『ケイケンチ』等と呼んで殺し回るのです。霊滓《エナジー》集めが趣味のようでしたから、魂格《レベル》も高くて高くて……第五霊位の250くらいいってたんではないでしょうか？」

ワイト氏は、歴代聖女にはだいたい遭遇しているが、勇者と出会《でくわ》したことだけが一度もない。とにかく逃げ回っているからだ。

「そうですか。実は、旧魔国領で見つかった遺跡に、異世界召喚の儀式場であった物が見つかりまして、この辺りなのですが、心当たりは？」

「そこは……どの文明でしょう？　大河川の流域ですから何度か似たような文明が……ああ、あの時期なら、勇者が無理矢理にやった奴隷解放政策の反発で内乱が起きて消し飛んだ文明でしたね。魔国の脅威の中で内乱なんて起こした珍しい国があったと記憶しています」

自滅していくのが面白くて侵略が止まったのは皮肉な話ですと、ワイト氏は笑う。しかし、王女様に白骨死体の表情を読み取る能力はまだなかった。

「内乱で自滅……きっと、異世界召喚以外にも優れた技術があったのでしょうに……」

「現代より優れた技術と言いますと……あの国、他力本願がモットーでしたから、魔物を従える技術には目を見張るものがありました。飛竜の上から炎の魔法で生産財を破壊される被害を思い出すと胃が……」

すでに朽ち果てた白骨死体のワイト氏だが、精神的な胃痛などは骨身に染みて覚えている。生身を捨てて十世紀以上も立つが、その痛みが褪《あ》せることはない。

「ちなみにですが、私の魔法も異世界召喚のようなものです。どこの世界にも死体はありますから」

ワイト氏の呼ぶ死霊は、様々な世界から召集されている。ワイト氏と同調する死霊、思想が似ている者、容姿が似ている者、目的が一致する者をありとあらゆる世界から引き寄せている。

「そうなのですか？　では、その魔法で生者を呼ぶことはできますか？」

「……試したことがありませんね。思想が似てさえいれば死霊ではなくとも可能なような気がしますが……一応、理由を聞いて宜しいでしょうか？」

その理由が魔族の絶滅などなら、ワイト氏は逃げる。幸いにして、極東の知り合いがいつでも来いと言ってくれているので、再就職先の当てはある。

「どうやらこの異世界、進んだ文明があるらしく、開発に使える技術を取り込めないかと」

「なるほど。確かにたまに死霊が変なものを持って来ることもありますが、生者ならば知識も持ち合わせているでしょう。社長の慧眼《けいがん》、恐れ入ります」

「ええ、ありがとう。では、とりあえず、試すだけ試してみましょう。準備は必要ですか？」

「はい。大きな魔力の消費をするでしょうから、少々蓄えをしておきたいところです」

「蓄え？　それはどんなものですか？」

王女様は死霊への理解が浅い。聖霊の愛し子たる聖女でもある王女様にとっては、死霊など取るに足らない脅威でしかなく、深い理解が必要な相手ではなかったからだ。

「我々死霊は、自然に回復するということはありません。ワイトも吸血鬼も、生者から生きる力を奪わなくては、いずれ消えます。大きく魔力を消費すると、蓄えてある力を使ってしまうので、使う分は補給しておきたいのです」

「……人を襲うようなことはありませんね？」

「ははは、ご冗談を。私は社長に殺されたくはありません。他の死霊を取り込んで呪いを蓄え、霊地を汚染してその力の一欠片を取り込む程度です」

「人に被害がないのならそれでいいです。ああ、死霊を取り込むのなら、なるべく人里に近い場所にしてください」

「はい。では、いつまでに用意すれば宜しかったでしょうか？」

「まだ会計課になれてはいないでしょうから、あなたの準備ができたら私に報告を。それから日程を調整しましょう」

「わかりました。なるべく早く用意しましょう。では、失礼させていただきます」

綺麗に一礼して、ワイト氏が王女様の執務室を後にする。

それを見送って、王女様はホッと一息をついた。

「普通な文官よりも真面目だわ……報告書を見る限り、仕事も早くて正確で……ただ、未だに少し緊張しますね」

ヒト族の亡骸に圧縮された暴力的な死の呪い。時を経るほど膨大な呪いを蓄える死霊が、想像もできないほどの年月を長らえたその存在に、本来ならば生者を愛し、平等な死から目を背けた死霊を浄化する存在である聖霊が恐怖し、逃げ出してしまうほどだ。

しかし、それでいて、相手も自分に怯えている事実が少し可笑しくて、王女様は笑った。

「一応は上司と部下なのですから、お互いに怯えない程度には、親睦を深めるべきですね。流石に一対一は早急すぎますから、勇者様や守護騎士様を招待したお茶会にでもお呼びしましょう」

聖女《天敵》様が主催する勇者《一級危険人物》と守護騎士《やべえ奴》様、姫武将《もっとやべえ奴》の参加するお茶会に招かれたワイト氏が、ガタガタと震えながら命乞いをするのは、また別の話。

◆◆◆

「では、これより召喚の魔法を行いたいと思います」

王城内の広い裏庭で、死霊達がせっせと用意した召喚設備を前に、責任者である王女様と、万が一の護衛役の騎士数名、珍しい魔法を観察しに来た魔法技術者達が固唾を飲んでワイト氏の準備を見守っていました。

「ワイト、技術者が用意の説明が欲しいそうです」

「用意の説明……さっき見てきた遺跡を再現して、世界に繋がりそうな媒体から人を繋ぎ、こちらに引っ張るだけです」

「媒体とは、その白い板のことですか？」

ワイト氏が持っている、不思議な板。ガラスのような表面だが、スイッチがついており、裏面には果実の模様が描かれています。

「ええ。魔国の記録を洗って、探してきました」

魔国は基本的に脳筋ですが、仮にも国なので、戦争の結果得たものなどは一応は記録されます。

その一応の記録を漁り、異世界の勇者様がいた時代の戦果物の分配リストを見つけて、魔王様が倒した勇者様の所有物の流れを追って、ヒト族から接収していたこの板を見つけたのです。

ちなみに、勇者様は以前、『勇者に負けなかった魔王はいない』と言っていましたが、魔王に勝てなかった勇者様は普通にいます。士気の都合上、歴史には残っていませんが。

「では、始めます。とは言っても、そんなに派手なものではありませんが」

ワイト氏は、魔法を発動しました。

世界を跨ぎ、ワイト氏と同調する魂が共鳴します。

それは、ワイト氏と同じ思想であったり、容姿が似ていたり、果てには平行世界のワイト氏本人であったりと幅広いですが、媒体に機械文明の道具が使われているので、世界や文明は少しだけ絞られます。

とある世界のとある企業。タイムカードは上司に切られ、クライアントの唐突な要求変更に全てが瓦解し、親のコネで入社したゆとりは仕事を押し付けて定時で帰ったオフィスに、目映《まばゆ》い光が放たれます。

そして、その光の中心にいた『振板新人《ふりいたにいと》』氏の魂は同調するがままにワイト氏の世界に引き寄せられました。

魔法陣の上に、上着を脱いだスーツ姿の振板氏がぼんやりと現れます。

召喚は大成功でした。

『……なんだこれ』

「どうも」

『……ついに過労死の死神が迎えに来たか……やっぱ転職しとくべきだったのかなぁ……』

「事情はわかりませんが、転職先が今よりもいい場所だとは限りませんよ。特に同じ業種だと、どこも競争力を高めるために、限界まで稼働を上げようとしますから」

『ああ、うん……だよな……うん。きっと、死神の業務も大変なんだろ？　なんか、骨だけどやつれてるように見えるし……』

「大変でした……今はまともな職場ですが、前は少し間違えればクビが物理的に飛ぶような職場で……」

『なんか、シビアなんだな。こっちはミスは現金補塡だよ。労基とか糞の役にも立たねえし……』

「労基とは？」

『マジか。死神業界って労基もないのか……労働基準監督署。要は労働者の権利関係を守る組織なんだが……土日開いてねえし五時に閉まるから仕事終わってから相談しに行けない糞みたいな場所だよ』

「労働者の権利？」

『ほら、給料とか？　最低これくらいは出せっていう基準とか、労働時間はこれ以内とか決められてるんだよ。抜け道ありすぎて無意味だけどな。連続勤務十四時間だわ……終電行ったし泊まり確定。ははっ！』

「それはそれは……いっそ違う職種に転職してみては？　まだお若いようですし、幾らでも候補は……」

『同じ職種ならともかく、別の職種となったら、就職できるかも怪しいよ……大した学歴や資格があるわけでも無しに……』

「そうですね……飛び出した環境が、今よりも優しい保証はなく、少なくとも今の環境なら、食い詰める心配だけはない……親や兄弟に迷惑をかけるくらいなら……」

「そうそう。親父の工場も不渡り出して潰れて、今はお袋もパートで働いてるくらいで、仕送りやめる訳にもいかねえし……」

ここまで、王女様たちには二人がなんの会話をしているか一切わかりませんでした。

言語が違うのです。ワイト氏と振板氏は魂が同調しているので、お互いに違う言語でも話をすることができていますが、同調していない周囲がわかることは、ワイト氏と振板氏の雰囲気が加速的に重く暗くなっていることだけです。

「ワイト……？　その方は、友好的な方なのですか？」

「え？　ああ、はい」

『なんだ……？　おお、すっげー美人さん。何これ、死神の上司？』

「ええ、社長です。大変素晴らしいかたで、前の職場から今の職場に引き上げてくださった恩人です」

『敏腕女社長かよ。うわー、お近づきになりてぇ。死神ってどうやったらなれんの？』

「とりあえず、今のお仕事を千年ほど続ければ宜しいかと……」

『死ぬわぁ……心が』

「え、えっと、ワイト？　彼は何と？」

「社長がお美しいと仰《おつしや》っています」

『え？　もしかして言葉通じてないの？　話せるけど聞けないって感じか。まあ、金髪で外人顔だもんな。つか死神業界にも言語の壁ってあるんだな』

「上司と部下の間にすら同じ言語でも壁があるのですから、そこはご容赦ください」

『ああ、うん……上司って、たまに何言ってっかよくわかんねえよな……』

「言語どころか文明の壁すら感じますよね……」

『お前のとこは良いだろ。社長美人だし』

「ええ、今の社長はとても素晴らしいかたで、何と土日が休みなんですよ」

『まじかー。俺なんて月月火水木金金だぞ。土日なんて無いぞ……あるとしても半休の午後出勤だよ……人間は金与えときゃ動く機械じゃねえんだぞ……その金も少ねえし……」

すきあらば相乗的に鬱にのめり込んでいく二人に、王女様は困りながらワイト氏の肩を叩きます。

「ワイト、一先ずはこの場所ではなく、城内で……」

「魂の写しだけ召喚しているので、魔法陣からは出せません。この感じだと、完全な召喚には千人ほど生け贄《にえ》が……」

『召喚……？　あれ、俺って死んだわけじゃねえの？』

「まあ、はい。そちらの世界の知識が必要で、たまたまあなたが呼ばれた形でして」

『あー、死神の現世マーケティング的な？　おっけ。相手死神なら社外秘関係ないしなんでも答えるぞ。お前とは気が合いそうだしな』

「ありがとうございます。では、社長。質問内容を。この状態だともう半刻もすれば維持が困難になります」

「え、ええ。まずは……」

質問を幾つかしていきますが、その結果は芳しくありません。進んだ技術、文明を持っているのは確かなのですが、魔法すら存在しないという、王女様にとっては全くもって理解できない文明です。

そして、隔絶しすぎた技術は教養の行き届いた一般人では説明できないほど高度なもので、辛うじて役に立ちそうだったのは、蒸気で歯車を回すという蒸気機関という概念程度でした。

『スマホ使っていいならなんでも調べられるんだけどな……なんか、悪いな』

「いいえ、充分です。ほんとに」

しかし、それは王女様の質問の結果であって、振板氏の言動の端々から察することができる民主制の社会制度そのものが、ワイト氏にとっては技術などよりも重要なものでした。

特に、労働基準法など目から鱗でした。眼球すらありませんが、労働者を守るというワイト氏の知らない概念を前に、そんなことは些細な問題です。

そんなうちに、振板氏の姿が不安定に点滅し始めます。ワイト氏の供給する維持用の魔力に限界が来ている様子でした。

『あー、なんか終わりっぽいな』

「ええ、そうですね……あなたとはもう少し話がしたかった」

『そうだなー。でも、仕事あるし、いい息抜きになったよ。もう少し、頑張れそうだ』

「そうですか……ああ、フリイタ氏、最後に一ついいですか？」

『おう、何々？　転職の秘訣とかめっちゃ聞きたい』

「まあ、そのようなものですが……貴方の人生の雇用主は他ならぬ貴方なのですから、他を気にしすぎて自分を潰すことなど無いよう、お気を付けて」

『んっ、りょーかい。あー、なんかお前みたいな同僚ほしいわ……同期とか一人しかいねえし』

「はは、私もあなたのような同僚がいれば良いと思います。それでは、また縁がありましたら……」

『おう、じゃあな』

振板氏の姿が消えます。同時に魔法陣の光も消滅し、辺りには静寂だけが残りました。

「……異世界の技術を取り込もうという試みは、失敗ですね。ですが、魔法なしで動く蒸気機関という技術は、大変興味深いものでした」

「……社長、そのことなのですが……」

後日、ワイト氏は大量の書類と一緒に王女様の執務室に現れました。

書類の内容は、異世界の社会制度をこの世界に適用する案のまとめで、発生するメリットデメリットがこと細やかに纏められていました。

こうして、ヒト族最大の王国には、労働基準局という、労働者の権利を守る部署が設立されることになるのでした。

第6話　文官ワイト氏と社長の責任

MR.WIGHT,

WHO IS AN EXCELLENT CIVILIAN AND AN UNDEAD,
IS WORKING AT THE GOOD WORKPLACE.

人類の仇敵である魔王軍が勇者によって倒されてから早くも半年が経っていた。

そんなご時世のヒト族の王国は一つの話題で持ちきりだった。

『王女様が結婚するらしい』

というものだ。

世界を救った勇者一行の聖女である王女様の結婚だ。注目を集めない訳がない。それも、その相手は隣の国の、軍事力ならヒト族最大の王国にも並ぶような巨大国家の王子なのだ。自分達の生活にも少なからず影響はあるし、国民全員が注目していた。

そう、文官も含めて全員が。

「……どうして軍事同盟の会計が軍部じゃなくてこっちに回ってくるんだ……」

文官の一人が、疲労忘却魔法の切れかけた死にそうな表情で呟く。

「……軍部も、同盟にあたっての情報共有や、基地の設置で相手方と揉めていて忙しいらしい……ははっ、何せ向こうは魔王の脅威から国を守り続けた軍部様だからなあ……」

呟きに答えるのは、すでに疲労忘却魔法の限界を超えて、魂すら酷使する勢いで書類と向き合う文官長だ。

この通り、確かに文官にも影響があって注目しているのである。王族同士の結婚となれば婚姻関係以外にも様々な契約が成立する。やれ関税の撤廃やら防衛費やら様々な所に影響が出るのだ。それが主な目的なのだから。

そして、税金やらの費用が絡んだ時点で、皺寄せが来ることが確定した部門がある。それが王国の会計課である。

「……ワイト、疲労忘却魔法頼む」

「……文官長、限界です……」

「……俺達は、魔王デスマーチを倒すまでは、何を犠牲にしても生き延びる必要があるんだ……っ！　気休めでも良い！」

「……わかりました」

そう言って魔法をかけるワイト氏だが、その魔法はすでに文官長には効果のない疲労忘却魔法ではなく、生者に使える数少ない死霊魔法である、魂を肉体から離れないようにする魔法だ。普通は死霊魔術から身を守るためのこの魔法だが、文官長の場合は、うっかり魂が先に滅ぶのを防ぐ役割を果たしていた。

これが会計課。十数人の男達が膨大な書類に向き合い、目の下に隈を溜めながらペンと印鑑を振るという異様な光景が繰り広げられている魔境である。

そして、その中で、三倍以上の作業を三倍以上の速度で処理しながら、他の文官に疲労忘却魔法を行使する白骨死体が一人。

それが、ワイト氏である。

ワイト氏の手元に召喚した骸骨が資料を運んでくる。すでに会計課は体面やイメージ何でものを捨てて、ワイト氏に召喚させた骸骨に資料の運搬などの雑務を投げている。執務室と資料室の間を書類を抱えた骸骨が行来する様は異様だった。

「……王女様、結婚するらしいな」

「ですね」

「……直属の部下としてどうよ？」

「大変喜ばしいことです」

「……向こう、文官少ないから仕事増えるっぽいぞ」

「……大変……喜ばしいことです……」

相も変わらず両手で複数の書類を整理するワイト氏。忘れられがちだが、ワイト氏は指揮系統的には文官長の部下ではなく、王女様の部下である。

「……あのさ、お前の所属ってどうなるんだ？」

「所属、ですか？」

「王女様が結婚するってことは、お前も向こうの国に行くってことになるんだろ？」

「……まあ、そうでしょうね」

「……てことは、お前、ここからいなくなんの？」

執務室が、時間すら止まったような静寂に包まれた。

この執務室において、ワイト氏の役割は大きい。まず、処理能力自体が人外のそれで、ヒト族の普通の文官が五人束になっても全く敵わない。

次に、魔法で召喚する死霊だ。資料室を死霊室と呼ばせるぐらいに召喚されている死霊は、資料の運搬やお茶汲みなどの雑務に精通しており、尚且つ疲労しないのでどこまでも酷使することができる。

そして、これがワイト氏が執務室で最も必要とされた能力……空間魔法である。

距離を無視してどこにでも移動できるこの力は帰宅や現地視察、不備のあった書類の詳細確認、家に帰ることや離れた場所との通信に重宝されている。

「よっし！　結婚潰そうぜ！」

「そうだ！　そうしよう！」

若い文官がそう提案します。隈の酷いその表情で笑う様は最早狂気のそれだった。それでも書類を整理する手が止まらないのは文官としての意地である。

執務室に連絡係が入ってくる。事務課の彼も連日のデスマーチに追われて、いつか遠隔で人と連絡する魔法を習得してやると思いながら関係各所への連絡に奔走していた。

「文官長！　会議の時間です！」

「おっし！　会議行ってくる！　軍部に押し付けられた仕事を押し付け返してきてやる！」

「「「健闘を祈ります！」」」

それはさながら、戦場に乗り込む勇者に道を開く兵士のようだった。

「それと、ワイト氏！　王女様が呼んでます！」

「今行く」

「「「貴様！　逃げる気かっ！」」」

「社長が第一だ！」

それはさながら、敵に背を見せて逃げ出す味方に無言で弓を射る兵士のようだった。

後ろ髪を……と言ってもワイト氏には髪の毛はないが、ともかく少し申し訳なく思いながらも、自分の直属の上司が呼んでいるのを断れるはずがないゆえに空間魔法で王女様のもとに転移するワイト氏。

「社長、ご用件は何でしょうか？」

一応は転移ができないように魔法でセキュリティーがされているはずの王宮内部で平然と転移をやってのけたワイト氏にさほど驚いた様子もなく、王女様は切り出しました。

「私が結婚するのはご存知ですか？」

「はい。大変に目出度いことだと心から祝福しております。我ら文官一同、社長の大いなる幸があらんことを願っています」

「私が結婚すれば、貴方も彼の国に行くことになります。しかし、それでは貴方が魔王を倒した報奨に望んだ、好きな労働環境で働くというものに反するでしょう。故に、貴方が望むのならば、貴方を正式に文官長の部下として、この国に残らせることも可能です」

「いいえ、私が望むのは社長の下で働くことであり、場所は問いません。社長の命の灯火が消えるその日まで、粉骨砕身の思いで働かせてください」

ワイト氏は、基本的に従順で、忠誠が厚い人骨だ。魔国時代は忠誠など捧げれば死に直結しかねないという理由で、淡々と仕事をこなして来たが、まともな上司なら、給料の支払いが三ヶ月遅れようが、会社と心中する気概すらある。

「粉骨砕身すれば貴方は消えてしまいますよ。そうですか……私はいい部下を持ちましたね」

「ありがたいお言葉です」

「話は以上です。持ち場に戻ってください」

「はっ」

空間魔法の術式を組み立てる最中、ワイト氏は王女様との会話中に常に抱いていた疑問を口にした。

「……社長。社長は、この婚姻で幸せになれますか？」

隣の国の王子の評判はあまり良いものを聞かない。女遊びに傾倒し、国庫を賭け事に使い潰したなど、一国の王子としては首をかしげてしまうようなものばかりだ。しかし、国家という大きな企業の間では、個人の人格は無視されてしまうものだ。

ワイト氏のこの問いに、王女様は静かに微笑んで答えました。

「ええ。幸せですよ。この結婚で、国民がさらに豊かになれるというのなら、それが私の幸せです」

まるでそれが、王女の責任であるかのように。

「そうですか。……では」

空間魔法で転移する寸前、ワイト氏は呟きました。

「ならば何故……貴女はそれほど悲しそうに笑うのですか……」

ワイト氏は、ギシギシと軋むほど骨しかない拳を強く握りしめていた。

◆◆◆

それから一週間後、ついに王女様と隣の国の王子様の結婚式です。

隣の国の、由緒正しき神殿で執り行われる結婚式は、両国の重鎮と、王様が見守る最中、伝統に則って順調に進みました。

「健やかなる時も、病める時も、お互いを愛し、支え合うと誓いますか？」

「誓います」」

顔だけは立派な王子様と王女様が同時に宣言しました。後は、誓いの口付けをして婚姻は完了します。

「これで、両国はますます繁栄することでしょう。それでは、誓いの口付けを」

王子様が王女様の美しいウェディングドレスのヴェールを捲《めく》り、顔を近付けます。そして、両者の顔の距離が十センチを切った辺りで、異変は起こりました。

ドンッという衝撃音と共に、空間そのものが震え上がったのです。

「何事だ！」

式場の重鎮の一人が叫びました。

その原因はすぐに明らかになります。神殿の荘厳な扉が開き、魔物から神殿を守るための、強力な結界に大きな亀裂が走っていたのです。

「その婚姻、待ってもらおうか……！」

かつて女神より賜り、魔王すら寄せ付けないと言われた結界の亀裂が広がっていきます。亀裂の発生源は広がった罅《ひび》で見えませんが、神殿の神官や、隣の国の騎士達は震え上がりました。その発生源にいる存在が、自分達では時間稼ぎにすらならないほど強大な存在だと自覚できてしまったからです。

しかし、王国の騎士達は、何か似たような存在を王城で見たような気が……と思い出そうと必死になっています。

やがて、結界はパリンという音をたてて、呆気なく崩れてしまいました。

結界が無くなり阻むものが無くなった扉を、上等なタキシードに身を包んだ骸骨……ワイト氏が潜ります。

「魔族だ！　早く討伐しろ！」

また誰かが叫びました。しかし、この場において戦う力を持つヒト族は、誰もが動けませんでした。背筋に氷柱《つらら》でも刺されたような感覚で、足が地面に溶接されているかのように動けないのです。

ワイト氏は、持っていた書類を空中にばら蒔き、全てを空間魔法でそれぞれの重鎮の手元に飛ばしました。

「乱入したことは申し訳なく思っています。しかし！　可及的速やかに報告しなければならない事案がありました！　お手元の書類をご覧ください！」

ワイト氏は、他を黙らせる勢いで叫び、王子様に書類を突きつけました。

「これは、マンドラゴラの種子……煎じて飲めば、恐ろしいほどの多幸感や全能感を感じられ、過度の依存性を持つ国際協定で禁じられた劇薬の取り引きの証拠です」

ワイト氏は空間魔法で空中に資料を映し出し、指の骨を繋ぎ合わせたような棒で要点をつついて、王子の罪を報告します。

「他にも、人体を魔物に変える魔人薬の実験。周辺国に甚大な被害が起こる可能性のある禁術の使用履歴。これらは全て、王子個人の邸宅で見つかった証拠です！」

神殿が響《どよ》めきました。これが本当ならば、王子はすぐさま廃嫡。国際法によって処刑されなければいけないような事案です。そして、それを裏付けるだけの力がその書類にはありました。

「でたらめだ！　魔族がでたらめを言っている！」

たまらず叫んだ王子様に、ワイト氏はタキシードの胸ポケットから文官証を取り出して言いました。

「申し遅れましたが、私、王国の会計課に勤務する文官、ワイトと申します」

それは言外に、王国の文官としての調査結果だと告げているものであり、同時に神殿に入ってきたヒト族が、王様に告げました。

「王子の個人宅から、大量のマンドラゴラの種子と魔人薬が発見されました！　それと一緒に、魔人族の実験体と思わしき半分魔物となったヒト族の死体も発見できました！」

それを聞いて、王子様の表情が青褪めました。

ワイト氏はその一瞬で王女様と王子様の間に転移して、王女様を庇うように王子様から引き剝がします。

「社長も、この国も。貴方には指一本触れさせない……！」

ワイト氏はそう言って、騒然とする神殿から、転移で抜け出しました。

「隣国の王よ、これは、どういうことですかな？　まさか把握していなかったとは言いますまい」

資料を用意するからギリギリまで待ってくれと、実は王族の遠い親戚だったりする文官長を経由して陳情されていた王様が、好機を見たりと隣国の王様に詰め寄ります。

「あっ、いや、これは……」

青褪めた隣国の王様に、ヒト族最大の王国の王様は、王として、父親として、こんな国に娘を嫁がせようとしたのを、とても情けなく思いました。

◆◆◆

後日、ワイト氏は壮絶なデスクワークに追われていました。

締結ギリギリに白紙に戻された条約。それにかかるはずだった予算の再配分や、王子の罪を暴くための証拠集めをするため、無理矢理有給を取ったので、そのツケの清算もあります。

そして、そこには同じ様に壮絶なデスクワークに没頭する文官長の姿が。

文官長は実家のコネを全て使い、ワイト氏と同じ様に王子の不正の資料を集めていたので、そのツケを支払わされているのです。

ちなみに、王国も事前調査は行っていました。そこでは一応問題なしとはなっていたのですが、百年に一度の処理能力を持つ文官長と機動力の高いワイト氏のコンビの調査力は、王国の調査組織よりもさらに深い部分を暴きました。

そもそも、王子の行動で一人でも死人が出た時点で、ワイト氏の領分です。死霊にもなれないひ弱な一般人の魂でも、死霊魔法を誰よりも極めたワイト氏なら、話を聞くくらいは簡単でした。

「くそう……今日は家族で旅行に行くつもりだったのによ……」

「すみません……休日を潰させるような真似を……」

「ほんとだよ……あーあ、実家に借り作っちまった……」

軽口を叩く文官長ですが、後悔はしていません。城の中で小さい頃から姫様を見てきた文官長ですから、あんな仕事を増やしそうなまともに証拠隠滅もできない無能に嫁がなくて良かったと心から安堵しています。

そんな二人のペンを走らせる音と、各方面への報告書や、大量に用意する必要のある書類の写しを機械的に行う骸骨の乾いた骨の音だけが響く事務室の扉が、コンコンと控えめにノックされました。

「失礼します」

「社長!?」

「王女様!?　療養中では!?」

事務室の澱んだ空気が端から浄化されるような高貴さを持った王女様の来室に、ワイト氏と文官長はガタガタと慌てて姿勢を整えます。

「いえ……今回は、あなた達に救われました。文官長には国から勲章が授与されることが決まりましたが、やはり個人でお礼を言うべきだと思いまして」

文官長が無言で両拳を振り上げました。勲章の授与です。魔国との長い戦いが終わって、めっきり出なくなっていた勲章の授与ですから、大変な名誉です。実家にも借りを返せるでしょう。娘にも誇れます。

「そ、そしてワイト……あなたにも勲章が授与されて然るべきなのですが……」

「まあ、魔族ですからね」

「固い頭の貴族が多くて……」

城内では会計課の一人が仕事の末に死霊に至っただけでなんの不思議もないと思われているワイト氏ですが、やはりそこは魔族です。ついこの間まで戦争をしていたのですから、悪感情は根強いです。

「なので！　個人的に私があなたの功績に報いましょう！　さあ、なんでも言ってください！　ちなみに全く関係ありませんが私の婚約やその手の事情は全て白紙に戻っています！」

「あの、王女様、流石にそれはナンデモナイデス……」

王女様の一睨み。文官長は書類に目を逸らしました。

そして、王女様のワイト氏を見る目が若干熱っぽかったり、目が泳いでいたりといった様子に、何がどうしてこうなったと頭を抱えます。

人は見た目が全てではないと言いますが、流石に骸骨はどうかと。人種問題以前に相手は死体という一種の背徳です。しかも骨です。

「なんでも、ですか。でしたら一つお願いしたいことが」

「はい！　なんでしょう!?」

食い気味な王女様の様子に少し戸惑いつつ、ワイト氏は、子供を見る親のような気分で言います。ワイト氏にとって、社長と部下という枠組みがなければ、王女様は四桁年下の可愛らしい子供です。

「私を始め、この国の国民一同は、国の発展を願いながら、あなたの幸せも祈っています。どうか、そのことをお忘れなきように」

第7話　文官ワイト氏、九死に一生を得る

Mr. Wight,

who is an excellent civilian and an undead,
is working at the good workplace.

「滅びろドラゴン……」

「死んでまでヒト族を苦しめるか……」

世界最強の種族、ドラゴンへの憎悪から始まる会計課の清々《すがすが》しい朝だ。

とある地方で、今年の結果次第では本格的に導入される新種作物の試験栽培がなされていたのだが、そこに縄張りを移そうとドラゴンが襲来したのだ。

これだけならまだ良い。最強の生物とは言え、生物である以上無敵なはずはなく、騎士団が出動して直ちに追い払うことが可能だった。一体なら。

しかし、偶然にも同じく縄張りを移しに来たドラゴンが同じ場所を見定め、その場で怪獣大決戦を開始してしまったのだ。

激しい戦闘の末、辺りに炎と毒を撒き散らしていた二体のドラゴンの内の炎のドラゴンが命からがら逃げ出し、山の方へ逃げていった。

これでもまだましだ。試験栽培が駄目になったことは痛手だが、突発的に暴れるドラゴンなどよくあることだ。嵐のような扱いで、予想外という程でもない。

しかし、悲劇はここで終わらなかった。逃げ出した炎のドラゴンは、自身を蝕む毒に勝てず、逃げ道半ばで命を落としてしまったのだ。

毒のドラゴンに負けてプライドを傷つけられ、情けなく敗走する中、生への渇望を抱きながら命を落としたそのドラゴンは、世界への呪いを生み出し、死霊として直ちに復活。やがては朽ちるゾンビ・ドラゴンとなり、死霊の基本的な習性として、生者の多いヒト族の街へと襲い掛かったのだ。

騎士団が出動して撃退しようと試みるも、ゾンビ・ドラゴンは生きたドラゴンと違い、怪我を気にせず、生きるために撤退することも無ければ、炎よりもよほど防ぎにくい呪いを吐き散らす能力まで得て、騎士団を蹂躙した。

幸い、王国には死霊のプロフェッショナル、文官ワイト氏がいたので、駆け付けて事態を鎮静化。その際、うっかり一撃もらって全身が複雑骨折してしまったが、それ以上の被害は無く、毒のドラゴンに関しても、どこからか現れたゾンビ・ケルベロスによって撃退されたので、事態は終息したのだった。現場では。

しかして我らが会計課は事務処理専門。事務処理担当の文官にとっては、現場が終息した後始末こそが本番であり、被害の補填やら被害者への補償やらなにやら、仕事が増大した。

「ワイトがダウンしたせいでお茶汲み骸骨と複製骸骨が動かねえ……」

「うっかりワンパン貰ってんじゃねえよ……」

「つかなにげあいつ、労災出てんじゃん。特別賞与も出てるっぽいし……奢らせよ」

「賛成」

誰もワイト氏を気遣わない。すでに死んでいる以上、生きているなら重症でも軽傷でも似たようなものだし、白骨死体が全身複雑骨折で死なないならもう何しても死なないだろうという、至極まっとうな考えからだった。

「はぁ……午後からでも出勤しねえかな……あいつ」

他の文官と同じく、一欠片も安否の心配などしていない文官長の声が、むなしく響いた。

◆◆◆

「……………二度と出動なんかしない」

一方、自宅で牛乳風呂に沈んだワイト氏は、折れた骨を固定する石膏のギプスで重い体を憎みながら、先の出動への不満をぶちまけていた。

「なんだよ軍部からの支援要請って。俺文官。危険手当て貰ってない。同じ死霊だからできるだろって、こっちは無変異個体だぞ。あっち第三第四レベルの存在だぞ……」

不幸にも王女様がエルフの国に外交に赴いていたため、ワイト氏を軍部の圧力から守ってくださる盾が無かった。そしてあのあわよくば死ねと言わんばかりの配置である。本気で死にかけた。

「一応被ってた兜《ヘルメット》が無ければ即死だった……」

ワイト氏は、極論頭蓋骨さえ無事なら死なない。頭蓋骨が潰れても、他が万全なら適当な他の頭蓋骨を嵌《は》めれば復活する。

しかし、今回は尻尾でぺしゃんこだった故に、ギリギリで頭蓋骨を安全圏まで投げなければ即死だった。文官ワイト氏、死亡診断書を叩き付けられるだ。

「ああ、ここまで死にかけたのはあの時以来か……」

ワイト氏は、真っ白な牛乳風呂の視界の中で、恐らく死人生で最大の危機……聖女との接敵を思い起こした。

◆◆◆

「ヒト族の奴等、ここまで来やがった！　ははっ！　ミンチにしてやる！　オレが一番乗りだ！」

なんの違和感もなく、ごくごく自然にワイト氏のデスクに仕事を押し付けて飛び出していくオーガ氏を見送って、ワイト氏は事務室を見た。閑散とする事務室にはさっきまで複数の魔族がいたのだが、皆自主的に喜んで徴兵されに行った。素晴らしい愛国精神である。

なお、その全ての仕事がろくな引き継ぎもなくワイト氏のデスクに乗っかっており、ワイト氏はとりあえず、どうせ合ってもいないだろう計算の修正作業を終えて、万が一職場がヒト族に襲われ

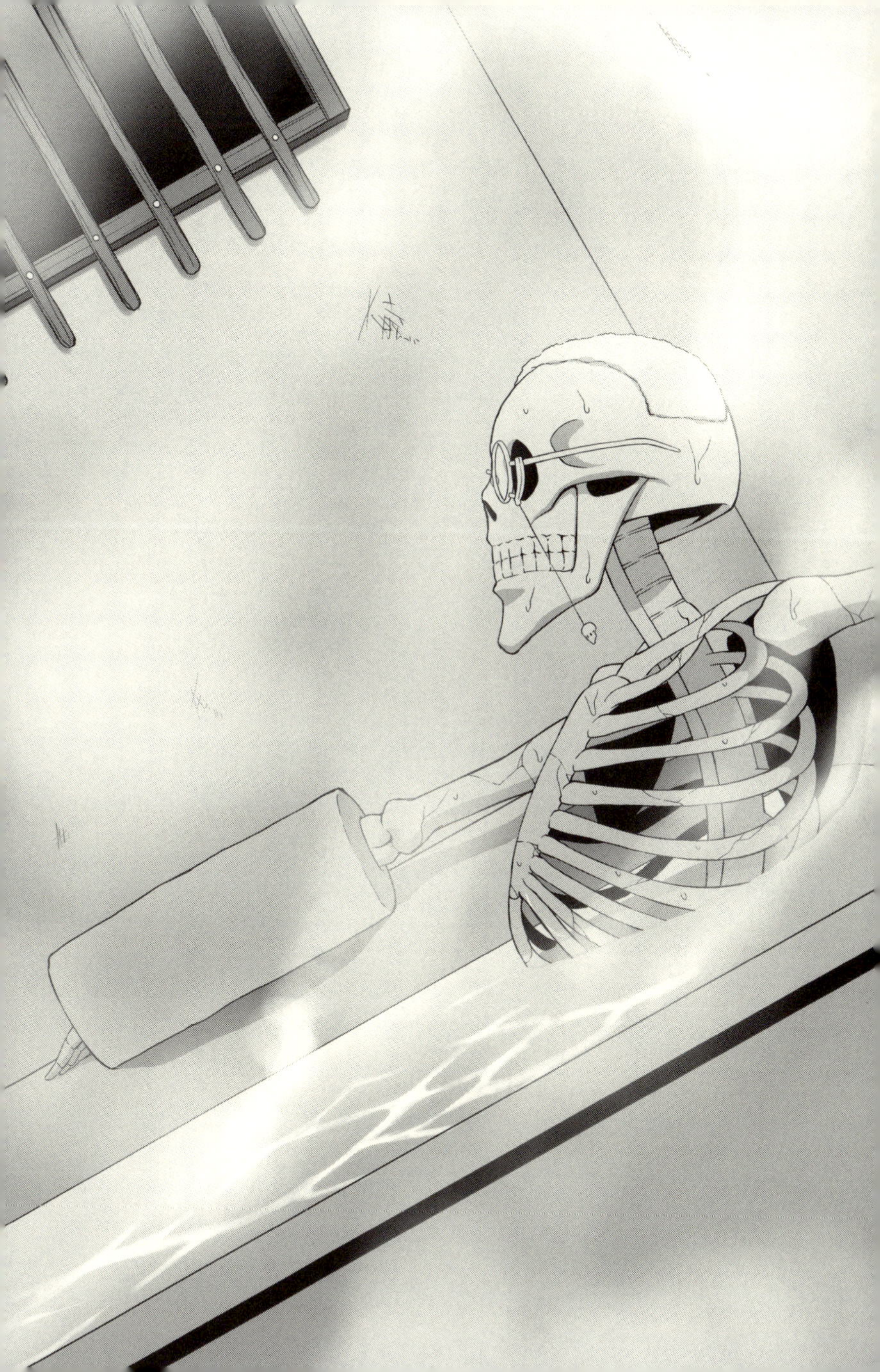

たときのために、重要書類を持ち出せるように纏めていた。

「……ヤバイ気配がする。聖女が来てるな？」

ワイト氏が自分の危機感地センサーに反応する天敵の気配を掴む。それは、聖女と呼ばれる死霊の天敵だった。

曰《いわ》く、古い女神の亡骸から生まれたとされる聖霊に愛され、その加護を自分から他者に施し、勇者の選定すらするという聖女。その力は死霊を現世に留める呪いを消滅させ、直ちに現世から解離させるのだという。

ワイト氏は過去に何度か、聖女に遭遇している。一度、浄化の魔法を浴びたこともあり、闇の魔法で全力で防がなくては一瞬で浄化されてしまいそうになったその力を身をもって知っている。

「勇者は……確か西の戦線か。応援に来るにしても今日は無い……逃げるか」

そうと決まればと、ワイト氏は自分の死体を偽装するために適当なワイトを召喚し、着ているボロ布を交換する。他人から見ればボロ布の区別などつかないが、ワイトとしては重要なアイデンティティーだった。

一旦、家まで逃げるために、ワイト氏は空間魔法を詠唱する。逃げるためだけに極めてきたこの空間魔法だが、魂格《レベル》６１３のワイト氏には超高度な魔法で、発動には時間がかかる。

それが、仇となった。

ドンッと職場の建物が揺れて、大きな光の余波がワイト氏を撥《は》ね飛ばす。床を転がったワイト氏は、聖女の気配が急接近していることに気が付いた。

「なるほど。貴方がこの要塞の主ですか」

「いえ、会計課のワイトです」

破壊された天井から天を見上げると、そこには青い炎の鳥……神獣フェニックスに跨がった聖女の姿があった。

空を駆ける神獣という、圧倒的な機動力を以て、膨大な魔力を練り上げ、逃げ出そうとしていたワイト氏を滅ぼしに来たのだ。

「今のは空間魔法……それも、大規模な破壊魔法ですね？　なるほど……ワイトと見誤り捨て置けば、痛手は必須。真の姿は、リッチといったところでしょうか」

「いえ、見誤らなくてもワイトです。どうかお目こぼしを」

綺麗な土下座を決めながら、ワイト氏は命乞いをする。すでに視認された。しかも相手はフェニックスなんていう死霊の天敵を引き連れた、ダブル天敵コンビ。確実に死んでしまう。

「今すぐ全軍を投降させなさい。そうすれば、命までは奪いません。死霊とは言え、元は同胞の骸。助けましょう」

無論、そんなことはできない。忠誠やなんだの問題ではなく、権限がない。仮にあっても、魔族に撤退指示を出したところで従うのは半分程度だろう。

「できません。私は兵士ですらない文官です。そんな権限はありません」

「なるほど……あくまでワイトだと、弱兵だとしらを切るのですね。ならば……仕方ありません。フェニックス！　ホーリーフレア！」

「くっ、今度の聖女は話を聞かない！」

フェニックスが放つ聖なる炎の一撃に、即興で闇の魔法で迎撃し、ワイト氏は転がるように事務室を飛び出し、階段を下る。

この要塞は前はヒト族が使っていたものだ。魔族が作る粗雑な要塞とは違い、物資を搬送する地下道までもが整備されている。ワイト氏はそこに逃げ込んだ。

地下道の構造は把握している。最短の逃走ルートも何度も通って覚えた。死なないための努力をしてきた。

「待ちなさい！」

「くっ！　追ってくるか！」

しかし、この聖女肉体派だった。足止め用に配置した歴戦の死霊を拳の一撃で粉砕し、驚くほどの俊敏さでワイト氏に追い迫ってくる。流石に地下にまでフェニックスは持ち込めなかったようだが、金棒はなくても鬼は鬼だ。恐ろしい。

「いいのですか聖女様！　あなたの支援が途切れれば、地上の兵が無為に命を落とす！　今からでも遅くない！　戦線に戻れ！」

「百も承知！　しかして我軍は歴戦の英雄達で構成された精鋭！　魔族相手にも遅れは取りませ

ん！　ですが貴方だけは違う！　貴方を逃せば、今後大きな障害になる！」

「一介の文官だとなぜ信じない!?　くっ、距離が……！」

「一介の文官に！　聖霊は恐怖を覚えない！」

「実は聖霊と意思疏通できていないだろう!?」

聖女の放つ聖なる光の攻撃に闇の魔法を合わせて無効化し、毒煙の魔法や雷雲の魔法で足止めを試みるが、聖女は毒煙を治癒の魔法で回復しながら走り抜け、帯電する雷雲の中を気合いで突っ切り、ついでと言わんばかりに死霊の群れを蒸発させて、止まる気配を見せない。

「くっ！　これならどうだ！」

闇の魔法を天井に撃つと、天井が崩れ、土砂が流れ込み、道を塞ぐ。しかし、聖女は聖なる拳で崩れた土砂を殴り飛ばし、更なる土砂が流れ込むより速く駆け抜けた。

その拳が、ワイト氏を射程に捉える。

「はぁぁぁ！」

「死ねるかぁ！」

上体を反らして拳を回避。そのまま流れるように身を低くして足払いをかけると、聖女は飛び上がってそれを避け、上から光の魔法を落とした。

次の瞬間、ワイト氏は頭蓋骨を投げた。転がった頭蓋骨は、離れて召喚された死霊が回収し、それを持って一目散に駆け出す。

「くっ、体が粉微塵に……！」

ワイト氏は召喚した死霊の頭蓋骨を外し、頭蓋の場所に自分を押し込む。どうやら平行世界の自分らしい骨格は、頭蓋骨によく馴染んだ。

「まさか骨に武道の心得があるとは！　いいでしょう！　ならばこの通路ごと……！　聖霊よ、ここに集え。救済の光。救世の光。その権能を代行し――」

「聖女砲か！」

通路は一直線。直撃は免れない。しかも相手が放とうとしているのは、上位の吸血鬼でさえ一瞬で消し去るほどの大魔法。ワイト氏の持つ魔法では到底防ぎきれない。

「糞！　そんなの魔王に向けろ！　何故そこに勤めているというだけで叩かれなくちゃいけない！　上司の意向に部下は従うしかないんだぞ！」

「放て！　『セイクリッド・ジェノサイド・ヨハネ・ホーミング・ウリエル』！」

「糞おおおお！　『短距離座標移動《ショートポイントムーバ》』！」

光の中、ワイト氏の姿が消える。次にワイト氏が現れたのは、通路の真上の地上。そこに横たわっていた。

何故なら、そこは戦場のど真ん中。逃げ続けながらそこまで来てしまっていたのだ。しかし、逆に言えばそこであることで、見た目白骨死体のワイト氏が目立つことはない。

ドンッと音がして、天井もろとも大地を砕いた聖女が地上に現れる。そして、全体に癒しや増強などの様々な加護をかけて、声を張り上げた。

「近くにある白骨死体の全ての頭蓋を砕きなさい！　死霊の魔族が潜んでいます！」

「「「はっ！」」」

「やらせるかぁ！」

槍で頭蓋を穿たれそうなところを転がって回避し、近場の兵士の足首を掴んで放り投げ、周囲を牽制しながらワイト氏が立ち上がる。

目の前には聖女。自分を包囲するのは歴戦の精鋭達。絶体絶命のピンチだった。

「精鋭達よ！　それは目下最大の脅威！　下級死霊に擬態する最上級死霊！　その力は四天幹部が一人に価する！」

「死なずになれるのならなりたいな！　四天幹部！」

すでに命乞いは無意味。天には不死鳥。地には強者の軍勢。ワイト氏の呪いが膨れ上がる。命の危機に瀕して、なおも生きる欲望が増大し続ける。

「生きてやる……！　死ねない！　俺には！　まだ！　仕事が残ってるんだぁあああ！」

召喚されるのは、死霊の群れ。ヒト族の軍勢の最奥に生まれた、死霊の軍勢だった。

振り撒かれる呪いの渦。聖女の加護を以てして、耐えることの敵わないそれに、兵士達が退いていく。

「本性を現しましたね！」

聖女は構わずその渦に飛び込む。しかし、次の瞬間に現れたのは、ワイト氏ではなく、頭を二つ持つ巨大な狼だった。

「ゾンビ・オルトロス……!?　アニマル・ゾンビの第三変異個体……！　なるほど！　人ですらなかったのですね！」

聖女は一瞬、その正体を誤認した。しかし、呪いの発生源はそこではないことに気付いて、驚愕に目を剝いた。

ゾンビ・オルトロスと呪いの根源。そして死霊の群れが、三方向に分かれてヒト族の軍を攻撃し始めたのだ。

聖女はここで失策に気付いた。ここは最前線。もしこの被害で陣形が瓦解すれば、ヒト族優位な現状がひっくり返り、魔族に押し負けてしまう。

「なるほど……！　貴方の勝利は、自軍の勝利にあったのですね！　それに釣られてここまで誘導されて……！　全て手のひらの上だったということですか！」

全く以て勘違いだが、生きるために暴走するワイト氏には届かない。ただ、少しでも手駒の死霊を増やすために、ヒト族の軍勢を襲い、取り込んでいく。

「させません！　フェニックスの支援を受け取れなくなりますが……！」

光の結界が、死霊の軍勢とワイト氏を隔離する。直前でゾンビ・オルトロスには逃げられてしまったが、フェニックスで充分に対処できる範囲だった。

「さあ、戦いましょう。この結界は、内部の魔を否定する聖女の領域。高位の魔族ほどその影響を強く受け、弱体化する！」

さらに言えば、空間魔法を用いても外に出ることは叶わない。ここを突破するには、聖女本人が解除するか、維持する力を失う他は無い。

「くっ、他から死霊を呼べもしないのか……！」

ワイト氏に大きな被害はない。高位の魔族ほどというと、魔王には大きな効果があるものだが、最底辺の無変異個体のワイト氏には大した効果は無かった。

「聖女様！　もう一度言おう！　私はただの文官だ！　いつからヒト族は非戦闘員を虐待する外道に墜ちた!?」

「非戦闘員！　笑わせる！　非戦闘員は、大規模な空間魔法を使わない！」

「自己防衛手段だ！」

聖女に死霊の群れが襲い掛かる。膨大な呪いで強化された死霊を歯牙にもかけず、鎧袖一触で蹴散らして、ワイト氏へと向かう。

「嫌だぁあああ！　死にたくないぃいいいい！」

絶叫と共に放たれる呪いと闇の魔法。通常、聖女をはじめとした神官による浄化の魔法を受けた死霊は、よほど劣悪な環境にない限り再び死霊化することはない。しかし、聖霊をも蝕むその呪いは、聖女が散らした死霊を蘇らせ、闇の力は聖女の高い闇への抵抗を超えて、聖女を蝕んだ。

「くぅっ！　なんて力……！　ですが！」

「寄るな！　寄るな寄るな寄るなぁ！」

殴りかかる聖女に、怯えて絶叫しながら、それでも撤退は死に繋がると本能的に理解し、反撃に及ぶワイト氏。

聖女の拳を避けて、避けて避けて避け続け、短距離の空間魔法で距離を開き、相性的に不利な闇の魔法に交ぜて雷の魔法を放つ。

「こんなもの！」

効かない。確かに効かないが、受ける度に魔力を使う。自己強化の聖女の加護があっても、無防備に受けていい攻撃など一つもない。それに加えて、倒しても倒しても蘇る雑多な死霊が、少しずつ聖女を追い詰めていた。

一方で、ワイト氏も限界だった。復活させる死霊も、死体が原型を留めた状態でなければ復活できない。聖女の拳は、頑強な骨を平気で砕く。

さらに、自分の魔力が磨り減り、手駒の死霊が減っていく中、聖女の光は一切衰えないのだ。奴の魔力は無限かと、ワイト氏は不本意すぎる戦いに、生身があれば泣いていた。

しかし、そんな戦いの中で、結界の外部から絶叫が響き渡った。

それは、悲鳴のようでもあり、咆哮《ほうこう》のようでもあった。

聖霊が震えたその声を聞いて、聖女が結界の外を見る。そこにいたのは、頭を三つ持つ、冥府の番犬……ゾンビ・ケルベロスだった。

「まさか、ここに来て変異《ミュータニング》!?」

第三変異から第四変異個体への変異《ミュータニング》。それは、第二から第三へのそれとは次元が違う。第四変異個体など、通常はその種族の群れの中に一匹いるかいないかなのだ。その戦闘能力は、第三変異個体とは比べ物にならない。

戦線の瓦解。最悪のシナリオが聖女の頭を過《よぎ》る。フェニックスが応戦しているが、巻き込まれる形で相当数の兵士が消耗していた。

一瞬の躊躇のあと、聖女は賭けに出た。これ以上、目の前の死霊を相手にすることはできない。見逃すのは惜しいが、それ以上に兵士の命が惜しかった。

「くっ！　良いでしょう！　私の負けです。貴方の要望通り、見逃しましょう！　結界を解いたら、あの魔物を連れてどこへでも行きなさい！」

「え？　良いんですか!?　ありがとうございます！　あっ、取り逃したとか士気に関わりますよね。影武者置いておくので、聖女砲でも使ってどうぞ！　本当にありがとうございます！」

「え？　あっ、はぁ……お気遣い感謝いたします」

召喚された普通のワイトを、聖女はなるべく派手な魔法で消滅させる。そして結界を解除すると、ゾンビ・ケルベロスがワイト氏をばくんと飲み込み、疾風のように戦場を去っていく。

「助かった……」

ワイト氏がゾンビ・ケルベロス……ジョンの口の中で安堵する。今度こそは、平和な職場にありつけるように祈りながら、口の中からジョン達を労《ねぎら》うのだった。

◆◆◆

「――イト。ワイト！」

「はうっ!? どうかお目こぼしを！」

ボーッとしていて感じた聖霊の気配に牛乳風呂から飛び上がり、綺麗な土下座を披露するワイト氏。前回は命を拾えたが、今度は勇者様もいるので、確実に死んでしまいます。

「頭を上げなさいワイト。今回は私が謝罪しなくてはいけないのです。私はどうやってそれより頭を下げればいいのですか？」

「え？ あ、はい……すみません。昔のことを思い出していまして……」

ワイト氏は頭を上げて、目の前の天敵……上司である聖女な王女様を見上げます。飛び上がった際に牛乳がかかったのか、少し濡れていて、土下座したくなりました。

「昔のこと……？ 気になりますが、それよりワイト、体は大丈夫ですか？ ドラゴンの一撃を受けたと聞きましたが……」

「ええ、丸一日牛乳に浸けてだいぶ回復しました。それより申し訳ありません！ お召し物が

「いえ、これは良いのです。そして、謝罪するのはこちらと言ったでしょう？　文官の貴方に、ドラゴンへの対処をさせてしまうなんて……上司失格ですね」

「いえいえ！　王国の役に立てて、至極光栄です！」

「無理をしなくても良いのです。今後はこのようなことが無いよう、言っておきます」

「お気遣い感謝します……ところで社長、そのためにわざわざ我が家へ？　かなりお体に障る土地ですが……」

毒の沼地ですから、鍛えられた文官でもない限り、容易に踏み込めません。天然の要塞です。

「そうですよ。部下を労うのが上司の務めですから。それに、私は聖女ですから、毒の沼地なんて、平気ですよ」

ワイト氏は、毒煙の中も雷雲の中も無理やり押し通った聖女を思い出して、コクコクと頷《うなず》いてしまいます。

そして、この時代まで物理的な聖女が受け継がれなかったことを感謝するのでした。

「いい上司に恵まれ、私は幸せです」

「そう言っていただけると、ありがたいですね。ふふ、死霊の貴方にそう言ってもらえるなら、同じヒト族の国民の理想の王女になれる気がします」

「ええ、社長は、歴代で最高の聖女様になられるでしょう」

何せ、死霊の話すらも聞けるようなお人ですから、国民の声も、しっかり聞いてくれるでしょう。

「では、私は出勤したいと思います。午後からでも行けば半休扱いに……」

「無理をしなくても良いのですよ？　もう少し骨休めをした方が……」

「いえ、ご心配なく。私にはまだ、仕事が残ってるので」

いつぞや見逃してくれた聖女様のためにも、自分は働かなくてはいけない。そう思って、すっかり上達した空間魔法で、ワイト氏は職場に向かうのでした。

◆◆◆

「めっちゃ牛乳臭い」

「……洗って乾燥させてきます。骨を」

第8話　文官ワイト氏、休日を謳歌《おうか》する

MR. WIGHT,

WHO IS AN EXCELLENT CIVILIAN AND AN UNDEAD,
IS WORKING AT THE GOOD WORKPLACE.

ヒト族の王国に勤め先を変えて以来、週休が二日に増えたワイト氏は、魔国勤務時代にはほとんど使うことのなかった自宅の縁側で、朝日を眺めながら生者が飲むとあまりの苦さに魂すら吐き出してしまうと言われる茶葉で淹《い》れたお茶を啜《すす》っていた。

「ポチ、朝日は綺麗だな……ミケ、足を噛むのは止めろ」

ワイト氏のペットであるゾンビ・ケルベロスは半ば白骨化した頭部を三つ持つ魔物だ。百年以上昔にウルフェンという生きた魔物だった時に、ワイト氏の自宅に迷い込んできた。それ以降、長い年月をかけて第四変異個体まで変異を繰り返した。

「新しい土地には慣れたか？　ジョン？」

ゾンビ・ケルベロスは頭が三つある故に、意識も三つある。ワイト氏は体が一つでは不便でかわいそうだろうと魔法で分裂させて、大きすぎる体も小型犬サイズに縮小させて、必要な時だけ元に戻すようにしている。

ちなみに、新しい土地とは、ワイト氏が勤め先を変えるにあたって、家その物をヒト族の領土に空間魔法で移動させたのだ。

「そうかそうか。ヒト族の国は良いな。少々魔力が薄い気もしないこともないが、良い土地だ。誰も勝手に焦土を作らない」

魔国領では、ある程度の強さの魔族の争いとなると、普通に地形や地質が変化し、何もないところに湖が生まれ、砂漠が凍り付き、森が焦土に変わる。その復興などに予算を取られるのだ。

「……そう言えば、海辺の都市の漁獲量が減っていたな……ミケ、魚を食べたいか？」

カクカクとミケが頷く。肉がないので吠えることはできない。物を食うこともできないのではないかと思われるが、ミケはワイト氏とは違って、最上級の死霊である。その上、ワイト氏のような完全な白骨死体ではなく、肉の部分もあるゾンビ系であるため、物を食うことも可能だった。

「そうか。なら行ってくる」

ワイト氏は一息にお茶を飲み干し、空間魔法で一瞬で目的地に移動した。

そんなワイト氏と入れ替わるように、ワイト氏の自宅に、ヒト族の王国の文官の一人がやって来る。

「ワイトさん！　北の火山が噴火して被害が！　三日以内に復興予算案を提出しろって文官長が！　申し訳無いのですが出勤していただけ……」

そこでは、賢いジョンがヒト族にも分かりやすく、『ワイト氏旅行中』と書いた看板を掲げていた。ジョンは賢いので、文字も書けるのである。

「そんなぁ……」

魔族でありながら、職場で頼りにされているワイト氏だった。

◆◆◆

海辺の都市に飛んだワイト氏は、特に姿を隠すことなく港を歩いていました。道行く人々は奇異の視線を向けますが、まさか都市のど真ん中に死霊が歩いているとは思わないので、それ以上は何もしません。

「すみません。王国の会計課のワイトなのですが、少々お話をお聞きして宜しいでしょうか？」

ワイト氏は、視察で使う文官証を漁師の一人に見せて、お話を聞くことにしました。ワイト氏は書類も大事だとは思いますが、それ以上に現場の声を聞くのが大切だと思っています。と言うよりも、魔国で現場から聞く以外でまともな情報が入ってくることはまずなかったので、基本的に現場第一です。

「骸骨さん、本当に文官なのかい？」

「ええまあ。早速お聞きしたいのですが、最近の漁獲高の減少についてお聞かせ願えませんか？」

動く白骨死体にしか見えないワイト氏ですが、文官証の力と質問で押しきるという処世術を身に付けているので、ヒト族相手でも全く問題なく話すことができます。

例外として、神父や修道女に出会うと必ず初見で聖なる言葉を紡がれたり、神聖な魔術を放たれたりしますが、不可抗力です。

「ああ、それかい？　領主様は何にもしてくれないからねえ。お国の文官さんが来てくれて嬉しいよ」

そうして話を聞いたワイト氏は、少しがっかりしていました。ヒト族は魔族と違ってきちんと仕事をしてくれるものだと思っていたので、やっぱりどこにでも魔族みたいな人はいるのだなあと。

「海竜の出現報告などは、知る限り上がってないですね……」

竜は、天災と同じ扱いです。なので、竜が出現し、被害が出ると国や自治体から被害者に補償がなされます。しかし、この都市を納める領主は、海竜の出現で魚が逃げているのを国に報告していなかったのです。

「きっと被害調査が来るのを嫌ったのさ。領主が変わってから、税は上がったし、給金は減った。船が新しくなって危険が減るからって危険手当ても削られたよ」

「そうですか……」

そんな報告も来ていません。無断で税を上げるのはワイト氏の勤める国では禁止されています。それをワイト氏が知らないということは、間違いなく不正に税として徴収された分が国に入らず、領主が横領しています。

「ありがとうございます。近々国の方から働きかけてみますので」

「頼むよ文官さん」

「はい。……それと、良ければ釣具を貸していただけないでしょうか？　実は釣りに興味がありまして」

仕事も程々に、今日はワイト氏の休日なのです。ある程度働かないと悪いことをしているような気分になってしまうワイト氏ですが、実地調査も兼ねた釣りなので、存分に楽しむことができます。

「そこにあるのでいいなら持ってきな。餌もそこにある。接待だ接待」

「いえ、代金は払わせていただきます」

給金以外の報酬は受け取らない主義のワイト氏は、釣具を貰って、浅瀬のほうで釣りを始めました。釣りをするのは初めてですから、特に何かを狙うわけでもなく、ボケーッと空を眺めながら、浮きが沈むのを待っていました。

千年以上も生きているワイト氏ですから、待つという行為は人間よりも得意です。その気になれば睡眠も食事も必要ないので、人が生まれてから死ぬまでを同じ場所で過ごすくらいはできるでしょう。

「……一日って、こんなに長かったんだなあ……」

ワイト氏にとって、千年は流れるようでした。仕事、仕事仕事、そして仕事。魔国の情勢は、身内間の小競り合いで山の天気のように激しく移り変わり、名家が一瞬で没落し、ぽっと出の家の魔族が魂格《レベル》を高めて変異《ミュータニング》して、幅を利かせるようになります。

そのなかでワイト氏は死にたくない一心で小競り合いから逃げ出し、少しでも安定した勢力に縋《すが》ることで争いを避けて生きてきました。

そんな日々を回想して、カカカカッと笑うように骨を鳴らしていたワイト氏ですが、浮きが沈んだ瞬間を見逃さず、力強く思いっきり獲物を引き上げます。ワイト氏に誘われて寄ってきた海の死霊が釣れました。取り敢えず、魔法で倒してしまいます。

ボケーッと日が暮れるまで、ひたすら死霊を釣るだけの作業を繰り返していると、海に黒い影が現れました。気付いたワイト氏が、これは大物だとワクワクしながら浮きを凝視していると、遠くから声が聞こえてきました。

「逃げろー！　骨の文官さん！　海竜が寄ってきてるぞー！」

「はい？」

ワイト氏に耳はありませんが、普通の死霊はともかく、一応は魔族に分類されるワイト氏である以上、物はしっかりと聞こえます。むしろ、暴力の支配する魔国で生き延びるために、危機察知能力としての聴力には自信がありました。

しかし、それも驚くほど平和なヒト族の生活で衰えてしまったらしく、ワイト氏は大物の魚のさらに深くにいる巨大な影に気付いていませんでした。

「ギャオオオオオオオオオオッ！」

海竜は巨大なウツボのような姿をしていました。そして、どうやらようやくワイト氏の釣り針に掛かった大物の魚を食べるために寄ってきてしまったようです。

　ワイト氏は絶望しました。半日以上待ってようやく釣れた飼い犬へのお土産が食べられてしまいまったのです。もし、何も持ち帰らなければ飼い犬は怒るでしょう。きっと骨をしゃぶられてしまいます。ワイト氏はどんなに魂格《レベル》が高かろうと、基本的には最下級アンデッドな上、ワイト氏の骨が大好きなミケは最上級のアンデッドで、どちらかと言えば魔法寄りのワイト氏の骨などその気になれば一瞬で畑の肥料です。

「申し訳無いのですが、狩り場を他に移していただくことはできないでしょうか？」

　しかし、ワイト氏はまずは穏当に話し合おうとします。ワイト氏は絶対に死にたくないので、戦いたくはありません。ワイト氏はどこまで行っても最下級アンデッドなので、魂格《レベル》的には格下でも、魔法ならともかく、うっかり物理攻撃の直撃を食らえば死んでしまいます。

　姿勢を正し、まるで格上の取引先に新しい取引を持ちかけるように、ワイト氏は語りかけます。

次の瞬間にワイト氏は海竜に丸のみにされてしまいました。

「文官さあああああああん!?」

　漁師のおじさんがそう叫びます。その瞬間、海竜の体がびくんと痙攣《けいれん》し、動かなくなりました。

　そして、普通にドアを開けるように、トレードマークのボロ布を焦がしながら、ワイト氏が海竜の口を開いて出てきます。

「これはお土産にしては大きすぎるな……ある程度はオーク族に持っていくか」

胃液で少し溶けた骨に、召喚魔法で家から取り寄せた牛乳をかけながら、ワイト氏はカカカッと上機嫌に笑います。友人と愛犬に、良いお土産ができました。

その海竜を引きずって港まで持っていくと、それを見た港の人は大喜びで、飲めや歌えやのお祭り騒ぎが始まりました。主菜はもちろん憎き海竜です。

ワイト氏は直接食事はできませんが、食材の生命力を食うことはできるので、それに交じりました。

「ありがとう骨の文官さん！」

「いえいえ、皆様の税金で生活している身ですから」

海竜の肉を切り分け、皆で食らう。そこに、エルフ族や、自分のような魔族の交じっている光景に、雇用主である王女様の理想を見たワイト氏は、何百年かけてでもその理想を実現しようと心に決めます。

まずは差し当たって――

「貴様ら何をしている！　おおっ、これは海竜！　ようやく死んだか。貴様ら誰の許可を得て海竜の肉を食べている！　海竜は領主の方で接収する！　これは領主命令だ！」

と、騒ぎを聞き付けてやって来た領主様の背後に空間魔法で移動し、肩を摑んで文官証をチラつかせながら囁《ささや》きます。

「領主様ですね。文官のワイトと申します。色々お聞きしたいことがあるので、宜しいですね？」

――中間管理職の腐敗を正すところから始めました。

このあと、日を跨がない内に王様のお城にワイト氏の空間魔法で領主様の不正に接収した税金や、本来ならば払われるはずだった竜害補償の明細が送り届けられ、会計課に回されていきました。

ワイト氏の休日はあと一日あります。こうしてワイト氏は、平和な休日を謳歌するのでした。

第9話　文官ワイト氏、受肉する

MR.WIGHT,
WHO IS AN EXCELLENT CIVILIAN AND AN UNDEAD,
IS WORKING AT THE GOOD WORKPLACE.

「お盆休み？　なんですかそれは？」

夏の雨季で河川が増水し、洪水が起きるという天災の復興予算案の草案を作りながら、ボロ布を纏った白骨死体……ワイト氏が自らの上司である文官長に聞き返した。

「なんでも、死者があの世から家族を見に帰ってくる日らしいぞ」

「家族もない私が千年近くも逝っていないのに、わざわざ逝ってから帰ってくる者が……？　そもそも死者の蘇生がそんな簡単に行われて良いはずが……」

「まあ、そういう風習らしいぞ。俺達には関係無いが」

「そうですね。私達には関係ありませんね」

復興予算委員に復興が終わるまで休みなど無い。今はほとんどの文官が被害調査に出掛けているが、夜になれば昼間の被害調査で集めた資料を持ち寄ってデスクワークが再開される。

「……そのお盆休みとやらは、もしやアンデッドが大量発生したりは？」

「はっはっは。恐ろしいこと言うな」

そうである。そんな地獄絵図が繰り広げられれば……

「そんな災害に予算委員が立ち上がらないとでも!?　これ以上俺達の仕事が増えそうなこと言うなよ！　ただでさえお前が提案してうっかり採用された災害保険制度のせいで仕事が増えてるのによぉっ！　はっはっはっはっはああああああ！」

「落ち着いてください文官長……我々の仕事は増えますが、結果的に予算と王家の支持も増したのですから……」

「落ち着いてられるか！　予算が増えれば仕事が増えるのはどこか!?　正解は俺達会計課である！そして王家の支持が増えたところで俺らの給料は増えないし仕事は減らない！　革新的企画を上げるのは結構だが、巨大プロジェクトを連続して立ち上げるな！」

「すみません……企画が通るという経験が魔国時代は無かったもので……つい」

「つい、じゃねえわボケえ！　お前が来てから処理能力は上がったが、それを倍にする勢いで仕事が増えてるぞ!?　おっかしいなあ！」

「文官長！　会議です！」

「またか！　またなのか！　もうやだよ騎士団の連中に予算の増額迫られんの。もうこいついりゃあ軍いらねえじゃん！　予算とかこいつの給料で終わりで良いだろ！」

「なんて恐ろしいことを!?　ご存じですか!?　アンデッドも死ぬんですよ!?」

「元から死んでるくせに何を!?　年に一度お盆休みに帰ってきて仕事を処理しろよ！」

徹夜四日目。もはや一周回って正常に戻り、そしてまた壊れたワイト氏と文官長が取っ組み合いの喧嘩を始める。ワイト氏は如何に魂格《レベル》が８１０あろうと下級アンデッドな上に非力なワイトだ。鍛え抜かれた労働の奴隷である文官長と腕力の面では同等だった。

そんな時、文官達の纏う見ているだけで疲労してしまうような澱んだオーラとは違う、清廉で潔白なサボってたら殺されそうなオーラを纏った上品な衣装に身を包んだ女性……ワイト氏の直属の上司である王女様が深淵すら覗かせそうな暗黒オーラに充ち、白骨死体がお茶汲みをする事務室にやって来る。

「あの……良い知らせと悪い知らせ、どちらを先に言った方が宜しいですか？」

「「悪い知らせで」」

満場一致だった。そもそも上からの良い知らせが本当に良い知らせであることの方が少ないのだ。悪い知らせを聞いた上で、良い知らせと偽れる程度の悪い知らせを聞いた方がダメージは少ない。

「では、悪い知らせを。私が開発を任されている旧魔族領で、巨大な銀鉱脈が見つかりました」

執務室に静寂が訪れた。

銀鉱脈。それは巨万の富をもたらす国家の重要資源である。これを巡って戦争すら起きるほどだ。

そんなものが見つかれば、他の公共事業を放置してでも開発する必要がある。大量の人員と技術が移動し、未来への投資だと莫大な金銭が動く。

国家の金銭が動けば、それはどこが処理することになるか。

そう、王国の会計課である。

「……ワイト、許可する。魔族領もろとも銀山消し飛ばせ」

「御意に」

ワイト氏の全力全開の魔法。直撃すれば魔王でさえ無事では済まない魔法にかかれば、三日で山一つは消し飛ばせる。文官長はその許可を出した。

「ワイト、止めなさい」

「わかりました」

ワイト氏は文官長のもとで働いているが、文官長達のように雇用主は王国そのものではなく、王女様に雇われている身だ。故に、王女様には逆らわない。

普通に考えて、まともな思考回路であれば、国の重要な財源となるであろう銀山を吹き飛ばすという思考は出てこないが。

「そして良い知らせですが……ワイト、貴方が予《かね》てより申請していた、『国民の休日』に関する法案を父が承認しましたよ」

「……なんですと?」

「ああ？　ワイト、国民の休日ってなんだ？」

「……端的に言いますと、全公共施設の休みです……」

「全公共施設の休み？　へー、そりゃ凄いな」

………………………………………………。


「マジか？」

「ええ」

「例えば明日も？」

「社長、どうなんでしょう？」

「お盆休みも国民の休日ですね」

全員が黙り、文官長が叫んだ。

「うおっしゃあ！　仕事すんぞ野郎共！　明日は休みじゃ飲み会じゃァアアアっ！　銀山など知ったことかあああああ！」

「「イエッサアアアアア！」」

「社長！　ありがとうございます！　これからも社長に付いていかせていただきます！　ああ、本当に……ありがとうございます……！」

ワイト氏は他の文官よりも仕事が多い。魔王を倒したからと言って魔族を皆殺しにするなんてことは不可能なため、平和的な交渉の必要もある。そして、無駄に広い魔国では地域ごとで民族や言語の壁が無数に存在しており、全てを理解できるのがワイト氏しかいなかったのだ。

特に最近は魔族の一部族であるオーク族が帝国相手に戦争をしていて、それの仲裁もあって、ワイト氏の労働量は多かった。

ただ、これでも魔国時代の理不尽な仕事よりはマシだと思えてしまったワイト氏である。

「え、ええ……ところでワイト、お盆休みに用事などは？　私の執務も明日は休みなので、良ければ食事でもと……」

「社長、社長は社長ですが一国の王女でもあらせられるのです。魔族とはいえ婚前に二人きりで食事など、政敵が聞き付ければ恰好《かっこう》の攻撃材料に」

「社長命令です。私と来なさい」

「はい。わかりました」

社長命令ならば魔王すら倒してみせるワイト氏は深々と礼をしてその話を受けます。社長のお言葉は神のお言葉ですから、社長がカラスを白だと言えば三千世界のカラスを白く染め上げるのが社員の仕事なのです。

そのあと、王女様は上機嫌で執務室を後にして、ワイト氏を初めとした文官達は休みという希望を見て、凄まじいペースで仕事を進めました。そして、六時を回ったら定時に全員が鞄を持ち、文官長に敬礼して、帰路という栄光の道を辿りました。

「帰ったぞ。ジョン、ポチ、ミケ」

他の文官達と一緒に、一週間ぶりに家に帰ったワイト氏に三匹の愛犬達はそれぞれの反応を示します。賢いジョンは『お帰り』と書いた看板を掲げ、ポチは嬉しそうに駆け寄り、ミケはガジガジとワイト氏の足の骨にかじりつきました。

「さて……茶でも飲むか」

ワイト氏はアンデッドなので眠りません。なので、夜空を見上げてボーッとお茶を飲みます。

今日も膝に三匹の愛犬を乗せてぼんやりと縁側でお茶を飲むワイト氏は、何千年後に来るかは定かではない定年後もこうしていたいものだとお茶を啜ります。

そして、どうせだからと馬に見立ててつまようじで足を作った茄子を飾ったその瞬間、異変が起きました。

「ぐっ――!?」

まるで頭に鉛でも流し込まれたかのように、頭部が重くなりました。全身の骨格に違和感が生じ、まるで空間そのものがワイト氏を押し潰そうとしているかのような感覚に襲われました。

（これは……一体……）

ワイト氏の意識は、ここで一旦途絶えました。

◆◆◆

「ぐっ……一体、何が……」

カァーカァーという身近な者の死を知らせることで有名なカラスの鳴き声を聞いて意識を取り戻したワイト氏は、目に突き刺さる日光に今が朝だということに気付きました。

体を覆う謎の重さに昨夜の現象が抜けきっていないと頭を振り、現状を冷静に分析します。千年以上も生きてきたワイト氏ですが、こんなことは初めてでした。

まず、場所はワイト氏の家です。当然です。

そして、ワイト氏は縁側にいます。当然です。

そして、ワイト氏の周囲には何やら骨っぽい帽子を被った十やそこらの少年少女がボロ布を纏って転がっています。

……ん？

「誰だ……お前ら……？」

気絶している人間の家に捨て子を投げ込む新しいタイプの育児放棄を疑ったワイト氏でしたが、流石にあり得ないなと、三人の子供を揺すって覚醒を促します。

すると、子供の中の一人……長い黒髪をした女の子が目を擦って起き上がり、どこからか看板を取り出して掲げました。

『仕事は？』

ワイト氏は次の瞬間には転移魔法を発動して、職場に飛んでいました。

「「……はっ、今日休みだった！　……ん？」」

ワイト氏が横を見ると、そこには文官の制服を着た文官長がワイト氏を鏡で映したかのように立っていました。どうやら、文官長も仕事だと勘違いして職場に来てしまっていたようです。

「文官長、おはようございます」

「おう、いやー、こんな時期に休みなんて新鮮だから、つい来ちまうな」

「はい、私も今朝愛犬に仕事と言われて慌てて来てしまいました」

「そうかそうか……で、お前、誰だっけ？」

「え？　文官長、二日酔いですか……？」

魔族ならばともかく、ヒト族が白骨死体のワイト氏の顔を忘れるというのは滅多にありません。街に繰り出せば聖職者に浄化をかけられては全力で逃げる程に特徴的な顔立ちなのです。

なお、全力で逃げるのはワイト氏の方であり、聖職者の間では街中に突然現れる死霊として警戒され、結界で入れないようにされていますが、自在に転移できるワイト氏は結界の存在にすら気づいていません。

「いや、えーっとだな……人事課のクリス？」

「会計課のワイトですよ。全く、私の記憶は飛ばしても、仕事の記憶は飛ばさないでくださいよ」

「いやいや、冗談キツいって。あいつの見た目知ってるか？　俺達の末路だぜ？」

「知ってますよ。だって本人ですからね」

「いやいや、白骨死体だぞ？」

「自覚はありますが、死体と言われると複雑ですね……」

「いやー、あいつ、あれでも生前はそれなりに美形だったたって言うんだぜ？」

「はい。千年ほど前の大手の商人の娘との婚約も決まっていましたし、それなりだったと自負しています」

「まだそれ引っ張るか」

「引っ張るって……どこからどう見てもワイトでしょう……」

「は？　鏡見てこいよ。どこがワイトだよ」

もしかしたらミケ辺りが顔にいたずら書きでもしたのかもしれないとワイト氏はそこらの壁を魔法で鏡に変えて、自らの姿を映し出しました。

「髪が……生えている……!?」

青い髪をオールバックに纏め、シンプルなモノクルをかけた少しつり目の若い男がそこには映っていました。

「馬鹿な……何故、この姿に……」

それは、紛れもなくワイト氏の生前の姿でした。

ワイト氏は、ワイトの姿から魔法で変身することはできますが、アンデッド以外の姿には変身できません。ワイトとして、朽ちた遺体の形を保てなければ存在していられない呪いがあるからです。

「え……マジでワイトか？」

ワイト氏の困惑した様子に、文官長ももしかしたらと思い始めます。

「……はい……恐らく……」

思えば、先程から異常はあった。ワイト氏は骨格から生前の見た目は自分で予想できていましたが、生前の記憶はほとんどありません。ただ、仕事をしなくてはいけないという強迫観念だけが残り、その意思が強すぎて死霊になりました。

「……姫様呼んでくる」

「いえ、別に社長に報告することでも……」

「馬鹿野郎！　言わなかったら俺がクビになる！」

「何故ですか？」

「とにかくだ！」

「ですが、これから家に帰ってやることが……」

「盆栽の手入れと湯飲みコレクションを眺めるとジグソーパズルと詰将棋以外の用事なら考えなくもない」

「私の趣味を尽《ことごと》く!?　ですが、愛犬達が犬から人になって愛人達に化けたので記念を残すために写真を撮りに写真屋に……極東の文化のシチゴサンのフリソデとハカマを着せたいので」

「孫を愛《め》でる爺か！」

「こんなに可愛らしい姿になった愛犬達を愛でるなと言う方が不可能に近いのです」

ワイト氏は召喚魔法を発動して、家から愛犬達を呼び寄せます。召喚されたペット達はまたドラゴンでも現れたのかと思い、それぞれ子供の体で臨戦態勢を取っていました。

「では、文官長、良い休日を」

その後、有無を言わせず極東に飛んだワイト氏は三人の愛犬にそれぞれ袴と振り袖を着せて写真屋で記念撮影をしました。

そして、その夜のことです。国民の休日という制度が制定され、共通の休みができた民衆が今日くらいは贅沢をしようと集まる料亭街に、王女様はいました。

ワイト氏と夕食を共にする約束をしていた王女様は、手鏡で頻りに自分の化粧や服装など、身《み》嗜《だしな》みのチェックに余念がありません。

「社長。お待たせしてしまいました」

空間を飛び越えて、ワイト氏がやって来ます。

王女様はその声にドキリとしながら、おそらくは結婚式で見たようなタキシードを着た白骨死体の姿でやって来ると思っているワイト氏に振り向きました。

「ワイ……ト？」

そこに立っていたのは、上品なタキシードに身を包む、貴族のような立ち振舞いのヒト族の男性でした。

「はい。少々特殊な事情でこのような姿になってしまいました。おそらく明日になれば戻ると思われます。ですので、何卒この姿でご容赦を」

数秒間思考を停止させた王女様は、昼間の七五三の撮影に行くと宣言するワイト氏のような表情、満面の笑みで言いました。

「写真屋に言ったあと、肖像画を描いてもらいましょう」

「……？　お食事では？」

「食事などいつもの姿でもできます。しかし、明日には戻ってしまうなら今の姿を記録に残さなくては。さあ、行きますよ！」

「あっ、社長、そんなに強く引っ張るとスーツが破け……」

この日からしばらくの間、王女様に新しい婚約者ができたと王都中で話題になるのを、ワイト氏と王女様、そしてその後ろを光学迷彩魔法で隠れながらついていく珍しい極東の衣服に身を包んだ三人の子供はまだ知らないのでした。

第10話　商人ニイト氏、終わりを迎える

MR.WIGHT,

WHO IS AN EXCELLENT CIVILIAN AND AN UNDEAD,
IS WORKING AT THE GOOD WORKPLACE.

　ワイト氏は夢を見ていた。

　二度目のお盆で余裕があったからだろう。気絶することもなく、自然にまどろむように、意識が落ちた。

　それは、遠い遠い生前の夢。今はもう思い出せず、実感すら湧かない過去の夢。

　ああ、そうだ。そう言えば、自分の名前は――

◆◆◆

「取り引きをしよう。ニイト」

「随分と唐突だな。焦る商売は失敗するぞ」

　その国で栄える二つの商会。その片方、クリイン商会の商館の一室で、二人の男女が書類のやり取りをしていた。

「まあ、意外と時間が重要な案件でね。それに、時間を急かすのは有利な条件を引き出す常套手段だろう?」

「それもそうだが、言ってしまっては効果も半減だろうに……で? 内容は?」

取り引きの書類を鞄から取り出す商人。それを受け取る、オールバックの青髪をした男の名前はニイト＝フリイタ。孤児の身の上で、クリイン商会の幹部にまで上り詰めた若き精鋭だ。

「なんだこれは……おい、正気か? 業務提携なんてものじゃないぞ?」

書類の内容に、質の悪い冗談かと詰問するようなジト目で商人を睨むニイト。その書類の内容は、お互いが保有する工場や技術の相互利用。事実上の合併だった。

「おいおい、正気を疑うってほどじゃないだろう? うちとそっちの商会は元々蜜月の仲。片方だけが生き残るっていうのも考えにくいってくらいのな」

「まあ、そうだな。だからこそこんな温く商談している訳だが……」

相手の女の商会は、ホワイト商会。クリイン商会とは半世紀以上の付き合いがあり、お互いがお互いを支え合ってここまで発展してきた間柄だ。

「だが、それとこれとは話は別だぞ? そもそも俺は会計参与の役員だから、この取引に応じることも拒否することもできない」

会計参与とは、早い話が企業の金庫番だ。金の動きを管理する役職であり、企業内で少しでも金が動けば、この役職に伝わることになる。

「知ってるよ。それくらい。でも、とりあえずお前に話通さないとスムーズにいかないだろ？　お前、商会の損になるって思ったら意地でも動かねえし」

「当たり前だろう。孤児だった俺を引き上げ、従業員から役員にまで取り立てていただいた会長と、商会の仲間達を裏切ることはできない」

「はいはい、お前の会長崇拝は知ってるよ……まあ、それは一旦置いて、別に合併自体に不利益はないだろう？」

「確かにな。そもそもの資本が増えれば今まで手を伸ばせなかった場所にまで手が届く。だが、他の幹部が納得するか？　会長は意外と乗り気かもしれないが……」

「こっちは全員が一応賛同したよ。既得権益の関係でごねたのもいるが、今ある市場だと、需要が頭打ちっていうのは共通認識だったからな。規模の拡大で一番手っ取り早いのはなんだって言われたら……こうだろ？　つーか言い出したのこっちの会長だし」

「ホワイトの会長がな……となると、会長同士の間では話が纏まってる可能性があるな」

双方の会長は
「そゆこと。んで、お前としてはどうなのよ？　ニイト？　金庫番のお前が傾けば、釣られる役員も多いと思うんだが？」

「俺に説得しろ、と？　会長の意思次第だ。確かに不利はないだろう。今後お互いに規模を拡大していって、衝突しあうよりも平和的だ。だが、別に不可欠という訳でもない。会長次第だろう」

「そうかそうか。んじゃあ、ここら辺が落としどころか？」

そう言って、商人が出したのは、書類の束だ。ニイトはその書類をモノクルを通してざっと確認し、ジト目で商人を睨んだ。

「おい」

「別におかしくないだろ？　合併の前段階に、密接な業務提携が必要な共同開発を申し出ただけだろ？」

「違う。そこじゃない。それはいい。充分な落としどころだろう。問題なのは……会長及び他の役員の捺印がしてあることなんだが？」

「さーぷらーいず」

「何故俺の知らないところで金がかかりそうな企画が動いている!?　いつからだ!?　この間取り引きで極東まで行った時か！」

「あっ、うん。そう」

「道理でいない間の書類の数字がなんかおかしかった……！　どうせ倉庫番の小遣い稼ぎと見逃した俺が悪かったか……」

「別に悪い話じゃないんだから良いだろ？　ほら、早う早う。ここに朱肉があるじゃろ？」

「待て。内容を吟味させろ。どこに無駄な金の動きがあるか……！」

「ないよ！　あったとしても必要経費だよ！　こっちも自分とことお前んとこの会長に急かされて

るんだから早う！　お前いっつも決断遅い！　金貨千枚単位をいちいち自分で数えるのやめーや！」

「良いだろう別に！　増えた金貨が商会の発展を表すようで好きなんだ！　ああくそ！　と言うかなんだこれは？　回りくどいが、お互いに役員を出向させて交換するのか？　まあ、裏切らないよう監視目的なら当然か？　と言うか俺が出向するのか……俺に許可を取ってください会長……」

「まあ、ドンマイ」

「はあ……まあ、会長も認可していることだし、俺が言うこともない。双方の利益になるだろう」

「うん、そうだな。はいこれうちの商会に来るにあたっての書類」

「だが、どうしてもここの書き方が……会長の陰謀を感じる。どうして先に俺に辞令が来ない？」

「倉庫番辺りが僻んで握り潰したとか？　なんか生まれが何とかなニイトだとかなんとかとか言ってたし」

「戦争孤児の何が悪い。商人は稼いだ額が全てだ。はぁ……しばらく会長にお会いできなくなる……」

「うちの会長には何回でも会えるな」

「素晴らしい方だが、お前の親だしなぁ……」

「喧嘩売ってるのかお前？　幾らだ？　買い占めてやるよ！」

「非売品だよ。喧嘩するよりも喧嘩してる奴に武器を売る方が儲かる」

そう言いながら、ニイト氏は書類にサインと捺印を認めて、商人に渡す。商人はそれを長い髪をくるくる弄りながら確認し、ふぅっと一息吐いた。

そして――

「勝ったぁぁぁあああ！！！」

その瞬間、部屋の扉が開き、ぞろぞろと人が入ってきて、その中には双方の商会の会長の姿までもが交ざっていた。

「おめでとう」

会長のこの言葉を皮切りに、全員がぱちぱちと盛大な拍手をする。ニイト氏と商人には花束まで渡される始末で、ニイト氏はもはや何がなんだかさっぱりわからなかった。

「おめでとうございます！」

「おめでとう！　お前は同期の希望だよ！」

「羨ましいな！　今度死ぬほど奢らせてやる！」

「おい待て。祝うにしても意図を説明してくれ！　理由と意味のわからない祝福はただただ不気味だ！」

困惑し、助けを求めてキョロキョロとしているニイト氏に、クリイン商会の会長が歩み寄り、一枚の紙を手渡します。

辞令、と書かれたその紙を受け取ったニイト氏は、一度それを見て目を疑い、モノクルを外して目を揉んで、二度目の確認をし――意識を飛ばしました。

　走馬灯のように商会に尽くした日々が蘇り、その最果てに、クリイン商会の会長の遠い遠い子孫が、王国を興すまでに至り、寿命を乗り越えて死霊と化した自分がそこで事務仕事をしているところまで幻視し――現実に意識を戻すに至りました。

「か、会長……？　クビとは、どういう……？」

　本日付でニイト氏を解雇すると書かれた辞令を持って、ニイト氏は震えていました。

「うん、クビ」

「…………今までありがとう……ございました」

　いつかはこんな日が来るとは思っていました。遮二無二働いてきた人生。決して実力だけでのしあがった訳でもなく、幸運と、会長の人徳に恵まれ、ここまで来れたのです。ただ、それが終わっただけの話でした。

「いや、違うだろ。なんで一人だけしんみりしてるんだよ。なんか私だけ喜んでるみたいで恥ずかしいんだが」

「……は？」

「これ、仕掛けから何までクリイン会長だからな？　ほれ、ライター貸してみ」

　ニイト氏から受け取ったライターで、ニイト氏が捺印した書類の空白部分を炙《あぶ》り、文字を浮かび上がらせて、ニイト氏に渡します。

ニイト氏はそれを見て、目を疑った。

書類の空白部分には、明らかにクリイン会長の文字で、『なお、上記の辞令にあたり、ニイト＝フリイタはホワイト商会令嬢と結納するものとする』と、雑な付け足しがあった。

「変な空白あったら炙りだしくらい基本だろ」

「密文書でもない限りしない！　と言うか何だ!?　ふざけているのか!?　どうして、俺と！　お前が!?」

「良かったじゃん。お前、明日からホワイト会長専属秘書な。会長の仕事覚えなきゃだし」

「待て。本気で待て。え？　クリイン会長！　どういうことですか!?」

「そういうこと」

「会長ッ！」

「まあまあ、みんな忙しいんだ。説明は私がしてやるから、とりあえず、みんなにお礼言って解散、な？」

「理解が追い付かない……！」

「そういうことなんで、クリイン会長、その他みなさん。本当にありがとうございました。後は事後承諾させるだけなんで、個人的にやらせてもらいます」

「うん、仕事以外基本ポンコツだけど、いい奴だから頼むね」

「ニイト君。娘を頼むよ。さて、クリイン会長。このあと一杯どうですかな？」

「うんうん。いっそ全員で行こうか。飲み代ニイトの給料からさっ引いて」

「「「ありがとうございます！」」」

「え、ちょ、ま……」

ぞろぞろと部屋を立ち去る商会の仲間達を見送って……ニイト氏は崩れ落ち、床に手を着きました。

「意味が……わからない……」

「まあまあ、とりあえず私らも飲みに行こうや？」

◆◆◆

「ほら、私って会長の娘でバリキャリで超優秀じゃん？」

「まあな……」

場所は変わって、街の隠れ家的なバー。大御所がお忍びで来ることの多いこの場所で、ニイト氏と商人は、いつものように飲み交わしていた。

「でもさ、私って女じゃん？　バリキャリで超優秀でも、女の会長ってなめられるのよ。それじゃあ駄目だって婿を取ることになる訳だ」

「そうだな。クロノ商会のあいつとか、ゾウワイ商会のアレとか、候補はそんなものだと思っていたが……」

「うん。お前があいつとかアレとか言う連中に商会任せられる訳ないじゃん？　で、一番信頼できるのはどこか、って言えばクリイン商会な訳よ」

「会長は誠実なお方だからな。当然の帰結だ」

「そうそう。でも、間違ってもクリイン会長の息子という訳にもいかない。事実上、ホワイト商会がクリイン商会の傘下になるからな」

「で？　何故俺になる？」

「なんかさー、親父がクリイン会長にどうしよっかーって相談してたら、ニイトとか良いんじゃねって話になったらしくさー」

「おい待て。酔うのがいつもより早い上に脈絡が見えん」

「お前が送るんだから良いだろ酔っても。お前んちでも可」

ニイト氏の家は商館に近いことしか取り柄の無い二階建て安アパートです。まさかそんなところにホワイト会長令嬢を寝泊まりさせる訳にはいきません。

「脈絡が見えんだー？　会長の血縁は駄目。かといってクリイン会長が信用できないのも駄目。んでもってうちの親父が認めるくらい能力が高い奴。つまりお前」

「買ってくださるのは嬉しいが、買い被りだ……運と会長のお力が無ければ俺なんて」

「うるせえ。クリイン商会の役員にそれだけでなれるわけねえだろ。胸を張れよ。私の夫になるんだぞ」

「お前を女と意識したことが無いんだが……」

「ぶっ殺すぞ」

商人さんの睨みを受けて、ニイト氏は苦笑いを浮かべます。これから妻になるらしい友人は、ずいぶんと不機嫌な様子でした。

「良いだろ？　どうせお互い独り身だし。帰って犬猫の世話するだけの人生より、女がいた方が潤いあるぞー」

まるで今までニイト氏が女性関係に恵まれていなかったような物言いに、ニイト氏は男としてのプライドを傷つけられ、少し言い返すことにしました。

「誰が独り身だ。これでもクリイン商会の会計参与だぞ。相手くらいいる」

ガタッとだれていた身を起こして、商人さんはニイト氏に詰め寄ります。しかし、金融業に関わっていた時に、怖い方々相手に返済を迫っていたニイト氏は一切動じません。

「は？　誰よ？　どこのどいつだよ私の男寝盗りやがったの。バリキャリのビンタぶちかますぞ」

「そこで金の力を使わないあたりがお前の良いところだよ。あと、どちらかと言えば寝盗ろうとしてるのはお前だ」

「うるせえ。二年くらい前から私のだよ。具体的にはお前が役員になったくらいから。で？　相手誰よ？　王女様とか言わない限り諦めんぞ？」

このままだとバリキャリのビンタをぶちかまされるかもしれないので、ニイト氏ははぁっとため息をついて、正直に言うことにします。

「嘘だよ。女なんて作る暇が無かった。そのまま枯れて、引退したら、育ちの孤児院で孤児達を使って商売を始めようかと」

「そこで余生を過ごすとは言わずに新しい商売に手をつけるあたり、お前は私の男だと思う」

「継続的に孤児達の腹を満たすにはそれが一番だからな。そのために、かなり貯金してあるんだぞ?」

「無駄になったたな。それくらいお前が会長になってから、商会の金でやればいい。まあ、その貯金の有意義な使い方としては、私の左手の薬指の寂しさを埋めるとかそういうのがあるけど、どうする?」

「ふむ。じゃあ、クリイン商会のジュエリー部門に頼んでおこうか」

「そこはうちに頼めよ。金も指輪もどっちもホワイトに入る素敵なシステムだろ」

「会長から頂いたお給金だ。最後にクリイン商会にお返しするのが筋だろう?」

「私と会長、どっちが大事なんだよ」

「会長だよ。今はまだ、な」

「……お前、実は私のこと好きだろ」

「成り行きとは言え悪くはないと思うくらいにはな」

「くそう。女慣れしてる感じが腹立つ」

「会長に付いて回って色々体験してるからな」

「私の男の癖に浮気しやがって。バリキャリのビンタぶちかますぞ。具体的に言えば武闘家の魂格《レベル》22のビンタが飛ぶぞ」

「それなりに強いな……こっちは遊び人の10だぞ。死ぬな」

「死にたくなきゃ浮気すんなよ。バリキャリのビンタは聖剣折るからな」

「小市民としては頷いておこう。大丈夫だ。契約が履行されている内は裏切らない」

「こっちが浮気するとでもー!?　失礼だな！　こっちは何年も前から……っ！　今のなし！」

「愛されているようで嬉しいよ」

「生意気なぁ！」

　ぐいぃぃっとグラスの中身を飲み干して、カウンターテーブルに突っ伏して、商人さんは呻くように言います。

「浮気なんてするかよ……つか、させるなよ……」

　すやぁと眠ってしまった商人さんを横目に、ニイト氏は苦笑して、ぐいっとお酒を飲みます。

「させるかよ。俺は執念深いぞ？」

　と、商人さんに自分の上着を掛けて、お酒のおかわりを頼むのでした。

◆◆◆

その日は、小さく雨の降る日でした。

ホワイト会長の秘書として、会長の仕事を学んでいるニイト氏でしたが、今日は会長の代理として、離れた街に商談に出掛けた帰りでした。

「嵐で日程が遅れたな……帰る頃にはギリギリか。挙式に間に合わなければ……くっく、バリキャリのビンタが襲ってくるな」

護衛を連れた馬車に乗って、商人さんの待つ街への道を急ぎます。

「帰れば俺も既婚者か……」

そんなときでした。護衛の一人の首に矢が突き刺さり、ばたりと倒れたのです。

慌てたニイト氏が、窓から外を窺います。そこには、馬車を包囲するように、盗賊が隠れ潜んでいました。

「くっ……!?　馬鹿な！　このあたりに賊など……!?」

ワイト氏はそこで、上流階級として、当然の考えに至りました。

「そうかそうか……暗殺か……」

馬車が叩き壊され、護衛が倒され、馬車からニイト氏が引きずり出されます。

地面を転がったニイト氏が最後に見た光景は、迫り来る刃でした――

◆◆◆

「かっはぁっ!?」

荒い呼吸をして、ワイト氏は目を覚まします。

一年ぶりの呼吸する体に違和感を。にじむ冷や汗に嫌悪感を覚えながら周囲を見渡すと、三人くっついて丸くなる、愛犬だった愛人達。その中で、ジョンだけが目を覚まし、『どうしたの？』と看板を掲げていました。

「いや……なんでもない。さあ、帰ろうか。雨が降らない内に」

◆◆◆

死ねない。

まだ終わってない。帰らないと。

帰って、仕事をして、家で待ってる飼い犬と飼い猫に餌を与えて、それで、それで――

「死ネナイ……終ワレナイ……マダ……」

大雨が振る中、古い古い、打ち捨てられた死体が立ち上がります。

殺され、遺棄された死体は、ここがどこだかもわからず、自分が誰かすらも思い出せず、何もない自分の左手の薬指を見て、空を見上げました。

「シゴト……ハタライテ……マタ……」

指輪ヲ、買ワナイト……

第11話　文官ワイト氏、出世する

MR.WIGHT,

WHO IS AN EXCELLENT CIVILIAN AND AN UNDEAD,
IS WORKING AT THE GOOD WORKPLACE.

「お盆だな」

「お盆ですね」

近年、国民の休日なる制度が増え、労働階級から高い支持を得ている王国。その城の一角にある事務室にて、野良死霊すら引き寄せる魔界のオーラを発しながら、まるで機械のようにデスクの書類に向かう文官の面々、それがワイト氏の配属されている会計課である。

魔王の脅威のおかげで後回しにされた国民教育。そのせいで生まれた圧倒的なまでの知識人の不足。すなわち、人員不足によって、魔王の脅威からの復興予算やら新たなる直轄領の開拓やらで動く金を司る会計課は、日夜デスマーチの様相を呈していた。

「はっはー、お盆は寝るんだ……俺……」

「私は愛犬達と極東の国に旅行に。ははは、それを思えばこんな書類なんて何のその……」

と同時にあからさまに水増しされた請求書を見つけたワイト氏が、文官長のデスクにその書類を置く。文官長は無言でそれをワイト氏に返し、笑顔で告げた。

「見なかったことにしよう。監査委員に送る資料、作りたくないだろ？」

言外にどうしてもと言うのなら自分で資料を作れとワイト氏に宣告する文官長。ワイト氏も無言で手下の動く白骨死体に、水増しされた請求の過去記録の資料を持って来させ、いずれ自動で文字を書く道具が生まれることを願いながら資料作成に移った。

「と言うかワイトさん、お盆空いてるんですね」

そう呟くのは、活力ポーションがあれば二日は寝ずに作業できることを発見した文官A氏だった。

「そうだな。てっきり姫様と予定があるのかと」

「せっかくのお休みを今年も私が拘束するのも申し訳無いので、宰相殿を通して殿下と社長に極東の国への慰安旅行を提案したところ、殿下が是非にと仰ってくれたので」

「ついにお前に殿下とのパイプができたのか……極東って国交無いからどんなところか知らないんだが、どんなところなんだ？」

「独特の文化がある国ですよ。そのくせ異文化にも寛容で、基本的に黒髪の民族なんですが、うちの愛犬達が去年のお盆に愛人達になった時に行ったんですが、髪色肌色が違っても『美幼女トリオ……尊みがしゅごぃぃ……』と言って歓迎してくれました」

「やべえ民族じゃないか？　それ？」

「まあ、基本的に楽しい国ですよ。今は英系《エイケイ》美《ビ》四《し》十八《じゅうはち》やら桃色《ももいろ》白詰草《しろつめくさ》絶《ゼッ》兎《ト》等の踊り子が大変流行っていて、漫画という画集もとても面白いんですよ」

「へぇー、踊り子かぁー。見てみたい気もするなぁ。つーか、大丈夫なのか？　国交のない国に王族が行って」

「海洋貿易の中継地点として交渉があるとかないとか」

「仕事じゃねえか！　それあれだろ。お前が極東の国の話したら、けっこういい感じの立地に国があった感じだろ。うっわ……交渉纏まったら仕事増えるやつじゃねえか……」

「社長に関しては完全な休暇ですよ。宰相殿が交渉を担当されます」

「知ってるか……？　世の中には休日接待というものがあってだな……」

「知ってますよ……！　こっちは最下級のワイトだっていうのにワイバーン討ちに行こうなどと切り出す取引先……！　手抜けば死。手抜かなくても手抜いていたことがバレて徴兵されて死。敵前逃亡も死……どうしろと……！」

「お、おう……趣味の狩猟に誘う感じでワイバーン狩るんだな。魔族《お前ら》。それの王に勝った勇者様やっぱりすげえわ」

「ですね。やはりヒト族とは敵対しないに限る……」

　ワイト氏は、長い永い死人生の中で、歴代の聖女にもエルフ族の聖樹の守護騎士にも竜人族の姫武将にも殺されかけた経験がある。しかし、今の代を除く、歴代の勇者にだけは、接触すらしたことが無かった。

　勇者の邪を払う力は払いきれないほどの邪悪そのものであるワイト氏に目敏く反応し、下級アンデッドの見た目でも容赦なく攻撃を加えられるため、接触そのものが死に繋がるのだ。

「お前も一応魔族だもんなぁ……それが何で聖女でもある姫様と……」

「不思議な縁もあったものです。聖女の手にかかれば一瞬で浄化されてしまうような矮小な死霊を雇ってくださる社長には感謝しかありません」

「知り合いの神官がお前浄化しようとしたら聖霊が泣いて拒否ったって言ってたぞ」

「聖霊って泣くんですね。千年生きてますが初めて知りました」

「死んでるだろうが」

「ですね」

会計課の事務室に笑いがこだまする。しかし、そこに朗らかな雰囲気などは一切なく、砂漠のように乾いた、もはや笑うことしかできなくなった廃人のような笑い声だった。

しかし、そんな会計課に、唐突に光が差しました。事務室の扉を丁寧に、それでいて勢いよく開いて現れたのは、袋を二つ携えた王女様でした。

「失礼します！　六時の鐘がなりました！　皆様、帰宅時刻です」

「おー！　野郎共、楽しい楽しい残業タイムだぁ！」

「「「いやっはー！　ここからが本番だぁ！」」」

「で、社長。何のご用でしょうか？」

「え、いや、皆様に帰宅時刻を伝えに来たのですが……」

「はい。社長、お疲れ様でした。我々はもう三刻ほど業務がありますので……」

その言葉に、王女様以外誰も違和感を抱きません。会計課では、出勤記録帳に退勤時間を書き込んでから業務を再開するのが日常茶飯事です。特に生産活動や労働活動が盛んになる夏場においては、定時帰宅は裏切り者のすることです。

「そんなに業務があるのですか……?」

「いえ、明日仕事が増えるともわかりませんし、今日できる仕事は今日片付けて、明日できそうな仕事の用意をするのです。税の集計など、間違えてないまたは水増しされていない報告なんて国宝ものですから……ははっ」

「そんなに忙しいなら総務の方々に……」

「王女様、総務の素人共に任せたら、水増しやら何やら完全無視でざっと眺めて大きなミスだけ修正して提出するんですよ……その結果に予算圧縮を迫られるのはこっちだってのに……」

文官長の言葉に全員が頷きます。総務課はだいたいが出世街道に乗ったエリートです。下手に水増しを告発して出世街道から外れるのを嫌い、ある程度は無視して効率よく作業を進めてしまいます。

「…………社長命令です。ワイト、理由を聞かず、今すぐこの場所に行ってこのキュウリで馬を作って寝てください。迅速に。体に変化が出たら、すぐに自宅に戻るように」

「この場所ですか……? 国の端の離島に何が……いえ、わかりました。皆さん、先に帰ります」

ちょうど書き終えた監査委員に送る資料を文官長のデスクに置き、帰宅準備を整えたワイト氏は、使いなれた「長距離座標移動《ロングポイントムーバ》」の魔法で家に飛ぼうとします。

「他の皆さんも、王命です。帰りなさい」

「「ッカァ！　王命なら仕方無いですねぇ！」」

一斉に帰宅用意。無駄なく、迅速に。あっという間に空になった会計課の事務室にて、ワイト氏の転移を見送った王女様は、ポツリと呟いた。

「法整備の前に、普通に労働環境を何とかした方がいいかもしれませんね……」

◆◆◆

翌日、きっちりしっかりと肉を取り戻したワイト氏は、極東に向かう時間まで愛人達となった愛犬達と戯れていようと思っていると、何故だか王女様の乗った凄まじく豪華な馬車に乗るように言われ、その中であれよあれよと荘厳華麗な白い法衣を着せられていました。

「あの、社長？　これは……」

「ワイト、貴方は宮廷魔導師のワイト＝ワーカーホリックです。わかりましたね？」

「いや、財務部会計課のニイト＝フリイタですが……」

「宮廷魔導師のワイト＝ワーカーホリックです。良いですね？　これは王命で社長命令です。貴方は勇者様と私と共に魔王を倒した我が国最強の魔法使いです」

「そ、そんな恐れ多い！　勇者様と共に魔王を倒したなど、私には重すぎる！　自慢ではありませんが、私の精神的骨密度は鶏並みです！」

「これが王命の書状。これが宰相の要請書。そして、私個人としてお願いします。我が国は、大陸においては最大。極東の国の何倍もの国力を誇りますが、それは極東の島国にとっては大した肩書きでもありません。目に見える看板……貴方が必要なのです！　ついでに、宮廷魔導師の肩書きがあれば周囲の文句も封殺できます！　これが終われば会計課の仕事を続けて結構ですし、今日の休みは補填します」

「休みは魔国時代に潰れるのは当たり前だったので構いませんが……本物の宮廷魔導師のお方は……」

「随分前に最下級アンデッドに負けたからと武者修行に出て以来連絡が取れません！」

「引き受けましょう。どうやら私が原因だったようなので……」

　項垂れるワイト氏を、然り気なく馬車で隣を陣取ったジョンが撫でる。愛犬の優しさに、これからやって来るであろう心労に立ち向かう覚悟を決めたワイト氏ですが、当のジョンは鬼の形相で王女様を睨んでいました。

　ワイト氏は今日はジョン達と遊ぶはずだったので、それを邪魔した王女様は敵です。たとえ相手が自分の天敵である聖女であろうと、刺し違える覚悟でした。

馬車は何かとワイト氏の体に触れようとする王女様を、ジョン・ポチ・ミケが息を合わせて牽制しながら進んでいき、王城に到着しました。

王城では正装に身を包んだ王様や宰相がいて、畏れ多くもワイト氏に挨拶をしてくださりましたが、ワイト氏はそれどころではありません。

例えるならそう。ダメもとで契約を持ち掛けた大企業との社運がかかった商談に、入社二年目の新人が連れて来られているような気分でした。

緊張しながら、少し時間をかけて「長距離範囲移動《ロングポイントムーバ》」の魔法で極東の国に転移したワイト氏を待ち受けていたのは、基本的に低身長で肌の黄色さが特徴の極東の民族でした。

王様が将軍と握手を交わし、宰相も地位の高そうな相手と握手する中、自分も握手を求められていることに気が付いたワイト氏は、震えを抑えながら相手と握手をかわします。

「ふむ、随分と変わった気を持たれる方だ。陰気を表面で陽の気で覆っているような、いやはや南蛮の方々というのは面白い」

「それはどうも。私も陰陽師頭と会えて光栄です」

「いや、ご存知でしたかな？」

「はい。オダの時代からこの国には来ていたので」

言ってからワイト氏は気付きました。自分が第六天魔王という噂を耳にして、この国にも魔王がいるのかと極東から逃げ出したのは三百年ほど前だったことを。

「……随分と、長寿なようだ」

「……ええ、まあ」

正直ワイト氏は震えが止まりません。陰陽師頭といえば、極東の聖女様です。触れたくもありません。見た目は親戚の餓者髑髏《がしゃどくろ》氏のようにヒト族に喧嘩を売る度胸はありませんでした。

そこから、ワイト氏の受難は始まりました。鎖国体制の厳しい島国に港を開くように交渉する席で、ワイト氏はよく話し合いに出されました。

何故か現地人よりも極東の事情に詳しく、歴史的な背景を当時から生きているように知っているワイト氏は、双方にとって都合のいい橋渡しででした。

ただ、愛犬達と極東文化で戯れて、将棋を指して、良いお茶を飲んで温泉に浸かって帰ろうと思っていたワイト氏は、もう二度と宮廷魔導師なんて引き受けないと決意しつつ、数々の難所を乗り越えて、ようやくその日の責務から解放され、この日泊まることになる宿の部屋に至りました。

「ご苦労様です。ワイト」

「ご心配なさらず……ただ、肉体というのは不便ですね。酷く、疲れます」

これを持って自分と似たことのできる文官長が、実は肉を持ってるタイプのアンデッドではないかとワイト氏は疑い始めました。

「こういうことも増えるやも知れないので、慣れてください」

「ふ、増えるのですか!?」

「ええ。場合によっては、ですが」

そんなことになった場合、ワイト氏は自分の心骨が折れる未来しか見えませんでした。ワイト氏は魂格《レベル》が810あっても、コボルトの魔王様に殴られると一瞬で骨粉になるほどの脆さなので、折れるときは普通に折れます。

「その……宮廷魔導師は、嫌でしたか？」

「嫌……と言うよりも、私には荷が重すぎます。宮廷魔導師とは、最高位の魔法使いがなる者です。白骨死体がなるのはどうかと……」

「ワイト、謙遜は美徳ですが、あなたのそれはいささか度が過ぎています。魔王を倒した魔法使い、それは事実なのですから、胸を張ってください」

ワイト氏には胸などありません。あるとすれば乾いたあばら骨です。若干カビ臭いです。骨なので。湿気で脆くなります。骨なので。

「それに、それでは、王女の降嫁先は、務まりませんよ？」

「…………………はい？」

「なんでもありません。ワイト、今日一日をよく頑張りました。この国と国交が成立すれば、我が国は更なる成長を遂げるでしょう。よりいっそうのあなたの頑張りに期待します」

「は！　粉骨砕身の覚悟で励む所存です！」

「その粋です。なので、もう一日頑張ってみましょう！」

「ええ！　もち……ろん……？」

もう一日。つまり、明日の交渉にも参加しろということです。明日になれば、ワイト氏は元に戻ります。最近になって王女様が思い付いた死人の姿なら問題ないのであれば、吸血鬼の姿に変身すればいいというのを採用するにしても、顔色真っ白の病人になってしまいます。

「ワイト。あなたは時差というものを知っていますか？」

「時……差……？　ええ、場所によって変わる時間のことだと……」

「ええ、そうです。ちなみに今日の日付は？」

「十三日……いや、まさか……!?」

目を見開くワイト氏に、王女様はまるで残業代無しの残業を告げる上司の笑顔で宣告しました。

「貴方が肉体を得た島と、この国では一日近い時差があるようですね。明日の今頃には戻るでしょうから、明日も一日、公務に励みましょう！」

その日、ワイト氏は千年ぶりに浴びるほど酒を飲んで不貞寝しました。

第12話　文官ワイト氏、不本意に弟子を取る

MR.WIGHT,

WHO IS AN EXCELLENT CIVILIAN AND AN UNDEAD,
IS WORKING AT THE GOOD WORKPLACE.

「弟子にしてください！」

「児童保安局に連絡入れるから靴を脱いで上がってくれ」

「はい！」

日曜日の朝、睡眠欲求どころか睡眠する必要性すら無いワイト氏が、呆れながら客人である少女を屋敷の中へと通す。

児童保安局は、国内の犯罪者を取り締まる保安局の中でも、児童の関わる事案を担当する部署だ。

「弟子にしてくれるんですね!?」

「いや、そういうの募集してないからな。つかなんだよ。弟子って」

鳥の白骨死体であるスケルトン・バードを召喚して、住所と事情を書いた手紙を持たせて、魔法で王都まで転移させる。

直接魔法で手紙を届けても良いのだが、その場合だと相手側が手紙に気付かない場合があり、一応は伝書鳩の体裁を整えたほうが確実に相手側に届く。

「さ、流石は魔王殺しの大魔導師様！　息をするように大魔法を！」

「ごっふぉっ!?　ど、どこでそんな話を!?」

魔王殺しの大魔導師様とは、世界を救った四人の勇者、その幻の五人目として謳われる魔法使いだ。

曰く、魔道を極めた末に死の神に打ち克った彼の大魔導師は、百を超える眷族を使役し、魔王城にて窮地に陥った勇者の前に現れ、その叡知を以てして聖剣に真なる輝きを与え、劣勢の勇者を勝利へと導いたとされている。

しかし、現実で言えば魔国の雇用体制に堪忍袋の緒が切れたワイト氏が、召喚できるだけの死霊を片っ端から召喚して魔王城に殴り込みをかけ、紆余曲折の果てにこの国の王女である聖女に従い、勇者に協力しただけだ。

尾ビレどころか翼まで生やし、空へと舞い上がりそうなほど誇張された話に、日々ワイト氏は頭を痛めている。

「エルフの守護騎士様に聞きました！　王都近くの毒の沼地。そこには俗世を捨て、魔道の道に邁《まい》進《しん》する死霊使いの大魔導師様がいると！」

「守護騎士様……」

ワイト氏の脳裏に、『てへぺろ』といった様子で舌を出す守護騎士の姿が浮かび上がる。若干イラッとしたが、相手は他国の重鎮。呑み込んだ。

それに、大事なのは目の前の少女だ。エルフの守護騎士と面会できるほどの相手となると、よほどの権力者の親族だろうということは想像に難くない。

そこで、ワイト氏はその少女をよく観察してみる。無断で家を飛び出したのか、従者らしきものがいないのは屋敷の周辺に潜んでいる死霊からわかっている。様相は旅の衣装のようだが、あまり使い込まれた様子も無く、必要になったので新たに用意したという印象を受けた。

しかし、背負う杖だけは別格だった。世界樹より切り出されたであろう杖を基幹に、聖霊の加護が施され、先端には世界の果てすら見るといわれる竜の眼球に似ていることから、竜の眼と呼ばれる希少な宝玉が嵌め込まれている。

ワイト氏の脳裏に火花が散る。そう言えばこんなものをどこかで見たような……と考え込み……

「宮廷魔導師様……？」

「の、孫です！」

ワイト氏が蛇の女神に睨まれたように石化した。

宮廷魔導師。言わずと知れた王国の重鎮。とある事情で王都を飛び出し、行方知れずになっているが、その権威は絶大だ。

「し、失礼しました！　宮廷魔導師様のお孫様だとは露知らず！」

「い、いいえ！　大魔導師様に比べれば祖父や父の威光に縋るだけのわたしなど！」

権力者の家族は権力者。それを心情に死にながら生きてきたワイト氏にとっては、その血縁こそが最大の脅威。ましてや相手は宮廷魔導師だ。ワイト氏のクビが社会的にも物理的にも飛ぶ。

お互いに相手に恐縮し、土下座。相手よりも深く頭を下げようと、双方とも頭を畳にめり込ませていく。

そして、畳のへこみが戻らなくなってきた頃、賢いジョンがお茶とお茶請けを居間に運んできて、それをきっかけに双方とも頭を上げる。

「さ、流石は大魔導師様の眷族！　子犬の死霊でありながら、ここまでの知性を！」

「いいえ、これは擬態しているだけで、ゾンビ・ケルベロスという魔物でして……」

「ゾンビ・ケルベロス！　アニマルゾンビ系の第四変異個体！　そんな強力な魔物を使役しているなんて……流石です！　大魔導師様！」

正確には最初はウルフェンという魔物で、それが死後もアンデッドとして成長し続けたものだが、最初が普通の狼か魔物か程度の違いしかないので、ワイト氏は訂正しないでおいた。

「い、いいえ、使役しているという訳では……」

「やはり、守護騎士様の言っていた通りのお方です！　お願いします！　どうかわたしを弟子にしてください！」

「弟子と言われましても……」

ワイト氏の死人生の中で弟子と言えば、魔国での新人だったが、その全てが最下級死霊のワイト氏を下に見て、一応は先輩にも拘わらず、まるで顎で使うような者ばかりだった。

ワイト氏も相手の機嫌を損ねて、魔族らしい殺し合いに発展するのを嫌い、へつらうような態度をとるのでますます増長する。

「どうして、よりにもよって私なのでしょう?」

ヒト族の魔法と言えば、光や炎といったものが多い。それに対して、ワイト氏の得意とする魔法は闇の魔法や死者を操る死霊魔法。種族柄仕方無いとも言えるが、ヒト族が好んで使いたがるような魔法ではない。

「最初は、祖父に教えを請っていたのですが……ある日突然、『我、魔道の頂を見たり』と書き置きを残して旅立ってしまい……」

「そうですか……それは災難で」

原因が自分だとは口が裂けようと言えない。ワイト氏としては、たった六十年やそこらで千年もの間死物狂いで魔法を学んだ自身に及ぶ宮廷魔導師を恐ろしく思うが、宮廷魔導師からすれば、ワイト氏の魔法こそが、その道の最果てに見えたようだ。

「なので、ヒト族よりも長命で、魔法に秀でた種族であるエルフ族。その守護騎士様に教えを請おうとしたのですが、守護騎士様から大魔導師様のことを聞き、ここに弟子入りを志願しに来ました! あっ、これが推薦状です!」

「お預かり致します」

確かに守護騎士の蠟封の施された封筒を丁寧に開き、中の手紙を確認するワイト氏。『よろ』とだけ書かれたその手紙に卒倒しそうになるが、なんとか意識を繋ぎ止め、手紙を返した。

「なるほど。子細把握しました」

「っ！　では、弟子にしていただけるのでしょうか!?　修業中のこの身は家訓の都合で家から支援をという訳にはいきませんが、わたし個人で捧げられる全てを捧げます！　どうか、弟子にしてください！」

ワイト氏は思案する。弟子……つまりは指導係を任せられた部下と考えるのなら、正直な話、断ってしまいたい。

権力のある部下ほど厄介な存在はない。叱れば自分の立場が危うくなり、放置すれば問題を起こして、それが指導係である自分の責任になる。

素直で従順な性格ならいいが、ワイト氏の所属していた企業は上層部から下請けまでクレイジーブラック企業、魔国ガルガイザーである。まともな新人が来るはずもない。

「いえ、とても光栄なお話ですが、今回はご縁がなかったということで……数多いる魔法使いの中から私をお選びくださったことを深く感謝すると共に、貴方様の今後一層のご活躍をお祈り致します」

魔国とは言え、就職活動というものはあった。兵士以外のありとあらゆる職業が人手不足に喘いでいたため、働く意思がある真面目な魔族が現れると、我先にと奪い合いになっていた魔国だが、極々希に、不採用の通知を出すことがあった。

ワイト氏は、千年間で四度しか使ったことのない不採用の定型文を述べたのだ。

「え……はい……ありがとう……ございました……」

ぽたぽたと、少女の涙が畳に落ちる。ワイト氏も泣きそうだった。

ワイト氏には、引き受けるという選択肢もあった。ヒト族は魔族に比べると勤勉で気性が穏やかで、常識的なら先輩に気を使うという驚くべき気質をしている。

しかし、ワイト氏にとって権力者の子弟など、いつ爆発するかわからない爆弾石だ。子供が機嫌を損ねたから死ねなど千年間で何度もあった。

その経験から、今回は引き受けても断っても爆発するとワイト氏は結論を出し、比較的爆発威力の低くなりそうな選択をした。

「そうですよね……わたしみたいな血筋だけの駄目な子……」

その血筋が如何に偉大で危険なものか、ワイト氏は語りたくなった。魔国では魔国四天幹部のインキュバス・ロードの百三番目の子供であるインキュバス氏ですら最凶の剣である『七光』を使えたのだから。

「申し訳ありません……大魔導師様の貴重なお時間を……」

「いえ、休日でしたので」

魔国時代は、休日に休もうものなら地獄が待ち受けていたワイト氏だ。今さら休日制度が消えたところで、納得こそすれ驚きはしない。

「休日……？　失礼ですが、大魔導師様はどこかにお勤めに……？」

「申し遅れました。私、王国財務省財務部会計課、ワイトと申します」

「えっ、あっ、頂戴致します」

差し出された名刺を、少女はまじまじと見詰める。

「俗世を捨て、魔道の道に邁進しているのでは……？」

「死霊は生者の生気が無ければ理性を保てませんので、働いて給料を得て、購入した新鮮な肉や野菜などから生気を得なければ知性の無い骨に戻ってしまいます」

ワイト氏には他者から生気を奪うライフドレインという能力があるが、それを使ったことはほぼ無い。万が一にも危険視されて殺されたくないからだ。

「王国、と言いますと、父と同じ職場で……？」

「はい。貴方様のお父様は国防省の官僚で、部署は違いますが、王国という企業単位で見れば同じ職場でお世話になっております」

国防省は、会計課にとって敵だ。騎士団という動かすだけで頭の痛くなる金額を使う常備軍を管理し、仮想敵国という不確定の脅威に対抗するためと湯水のように予算を使う。

会計課も、国防は必要だとは思っているが、現場と事務とでは認識が食い違うため、日々軋轢《あつれき》が絶えない。

さらに、ワイト氏は魔族だ。ヒト族の国と敵対が続いていた種族のため、個人的に敵視されている部分もある。

「……もしや、お仕事の方が忙しいから、引き受けてくれないのでは……」

「まあ、それもありますが……」

「でしたら！　父にお願いしてお仕事の暇を工面していただきます！」

家からの支援はないのではと思ったが、孫や娘は可愛いのだろうと、ワイト氏はジョン達を思って納得した。

「いえ、仕事は生き甲斐ですので、結構です」

ワイト氏が死霊としてこの世界に留まっているのは、単に仕事への執着によるものだ。何故そこまで執着しているのか、お盆以外では思い出すことはできないが。

「えっと、えーっと……」

「魔法を学ぶのなら、やはりエルフ族の守護騎士様が良いでしょう。若き日の宮廷魔導師様も、エルフ族の国で修業したと聞いています」

「う、うぅ……あの、どうしても、でしょうか？」

「ええ、申し訳ありませんが、ご期待には添えません」

「……でしたら、これを……」

少女は、守護騎士の蠟封の施された封筒をもう一枚取りだし、ワイト氏に手渡す。

嫌な予感しかしないワイト氏だったが、無視する訳にもいかず、その封筒を開いた。

内容は、エルフ族とヒト族の国交に関するものだった。会計課は一切関係のない内容だったが、アカデミーの留学枠や、技術取引などに関することも書かれている。

「えっと、内容は知りませんが、もし断られたら、これを渡してこう言えと……『宜しくね、バイ、普段は外交官も兼任してる守護騎士』、だそうです」

「なるほど」

圧倒的なまでの、政治的圧力。エルフ族の国との外交交渉は、守護騎士と旅をして、文化への理解の深い王女様が行っているが、もしそれがワイト氏のせいで拗《こじ》れるようなことがあっては、王女様に迷惑がかかる。

ワイト氏は悩んだ。そして、決断した。王女様に迷惑はかけられない。そして、これで守護騎士に貸しを作れるのなら、自分の首を懸ける価値はあると。

「……なるほど。エルフ族の守護騎士様直々の推薦ならば、わかりました。不肖、ワイト、貴方様に魔法を伝授させていただきましょう」

「……っ！　ありがとうございます！　これからはお師匠様と呼ばせていただきます！　どうかわたしのことは弟子とお呼びください！」

そう言って、少女は鞄の中から様々な物を取り出す。魔法に関する本や、初歩的な魔法の道具までは良かったのだが、着替え等が出てきた瞬間に、ワイト氏の表情が凍り付いた。

「あの、それは……？」

「お着替えです！　若輩の身ですから、魔法以外に現《うつつ》を抜かさないよう、内弟子として、精進させていただきます！」

「は、はぁ……？」

「も、もちろん！　お部屋をくださいなんて言いません！　衣装部屋でも、トイレでもいいです！」

「いえ、奥に客間がありますから、そこで……」

まさか宮廷魔導師の孫をトイレなどに押し込める訳にもいかず、そもそもワイト氏にはトイレなど必要もないため、ほとんど使わない客間を勧める。

「……はぁ……」

ワイト氏は、聞こえないように溜め息を一つ。

こうなってしまったものは仕方がないと、一先ずは、児童保安局に、勘違いだったと通達するために、スケルトンバードを召喚した。

◆◆◆

その日から、ワイト氏とお弟子様との共同生活が始まりました。

「魔法とは生きる術です。殺す術ではありません。殺したら殺されます。ただ、殺されないために殺すのはアリです」

「はい！」

早朝、ワイト氏は出勤前に魔法とはなんたるかを教えます。かなり教える方向が片寄っていますが、ワイト氏は生きるために魔法を練習してきたので、そうとしか言えないのです。

「今日は霊滓《エナジー》を集めます。間違っても霊位変格《クラスチェンジ》しないように。一時的にとは言え最大魔力が減ります。魔法を覚えるだけなら霊位変格《クラスチェンジ》は非効率です」

「はい！　行きます！　『猛毒針《ポイズンスティンガー》』！」

ある日はまだまだ抵抗の激しい魔国の残党の領地の端っこで、嫌がらせのように戦力を削り、バレない内に空間魔法で家に戻りました。

「今日は修業はお休みします。適度な休みがなければ人は潰れます。上に立つ者として覚えておいてください。休ませないと、人は壊れます」

「はい！　じゃあ今日はジョン達と遊んできます！」

「ええ、気を付けて」

ある日はかつて伝説の竜が生息していたと云われる大山脈。魔力の密度が地上の数十倍も濃いそこで元気に遊びます。

そして、またある日、ワイト氏は王城での会議という名の軍部との口喧嘩が長引き、魔物すら寝静まるような時間に家に帰りました。

「お師匠様！　お夕食の準備ができています！」

「今日は仕事で遅いので、先に寝ているように言いましたが……」

「お師匠様を差し置いて寝られません！　一緒に夕食にしましょう！」

「……明日からは気を付けますから、きちんと寝てください」

「はい！　ところでお師匠様、この屋敷はどこで湯浴みをしたら良いのでしょうか？」

「…………湯浴……み？」

ワイト氏は白骨死体です。湿気が強いとカビが生えます。なので、水浴びなどしませんから、そんなワイト氏の住むお屋敷にお風呂があるわけがありません。

ついでに言えば、お茶用以外の水を使わないので、井戸も無ければ、排泄しないのでトイレもありませんでした。

「明日、極東に行きましょう。銭湯という公衆浴場があります」

「わかりました！　準備をしてから寝ます！」

ワイト氏は入れませんが、銭湯ではワイト氏が好きな将棋が指せるので、その存在をよく知っていました。

　ワイト氏とお弟子様の日々は続きます。

「おー！　ていやー！」

「フンッ！」

「ひえやー!?」

　魔力を込めた武器で、お弟子様はオーク族の戦士に飛び掛かります。

　ですが、オーク族の戦士は一番下っぱでも普通に一般兵より強いので、魔法使いとは言えまだまだ子供なお弟子様では勝てません。すぐに弾き飛ばされてしまいました。

「お師匠様ー！　負けました！」

「負けたら死にます。死ぬんです。デスプリースト先輩が如く！　魔法使いが物理攻撃できないのは甘えです！　支援《バフ》を乗せて殴ればいい！　相手の魔法耐性が高いときの対処法です！」

「わかりました！　もう一度お相手お願いします！　戦士長様！」

「ええ、いいでしょう。他ならぬ盟友の頼みですから」

「行きます！　お師匠様直伝！　『毒酸霧《アシッドミスト》』！」

「そう！　目潰し！　それが重要なのです！」

　毒と酸の霧で相手を包む魔法を使うお弟子様ですが、これはワイト氏が逃げるときや相手を撃退するときに重宝する魔法で、目がある生物ならだいたい足止めできます。目がなくても吸ったら痺れます。

そんな強力な魔法ですが、オーク氏は鍛えているので目が痒くなる程度ですし、「ハッ！」と一発気合いの叫びで霧など吹き飛びます。魂格《レベル》が違うのです。

「ああ、王国の魔法使いの卵殿。そんな卑劣な手を使ってはいけない」

しかも、やってることが狡《こす》い上にかっこわるいです。効いているなら兎も角意味がなかったのですから目も当てられません。

それを見兼ねて声をかけてきたのは、銀色のドレスアーマーに身を包んだお隣の帝国の姫騎士様でした。

「ひ、卑劣……!?　お師匠様から教わった魔法を馬鹿にしないでください！」

「いえ、卑劣です。ですが卑怯汚いは勝者にとって誉れです。生きてれば良いんですよ。生きてれば勝ちです」

「流石はお師匠様！　凡百の卑劣のレッテルを恐れもしない……！　はっ！　魔道の真髄とは人の届かぬ場所に在る物。外聞を気にしていてはいけないということですね！」

「そうではないですが、まずは死なないことが第一です。生きていればいつか魔道の真髄？　というものに辿り着けるかも知れません」

「はい！　その言葉重く受け止めます！」

「清清しいまでに生き汚いな……まるで発情したオーク氏のようじゃないか」

「はうっ……！　姫騎士様！　子供のいる前で……！」

「落ち着けオーク氏。貴方はどうかしている」

姫騎士様の辛辣な言葉に、うつ向いて息を荒げ、何かに耐えているオーク氏をワイト氏がなだめます。

「オーク族の盟友のお弟子殿なら、私の盟友も同義だ。帝国式で良ければ、女流剣術の指南をさせていただくが、どうだろうか？」

「帝国の姫騎士様からの指南なら、喜んで！」

こうしてお弟子様は、帝国式騎士道『正々堂々相手の倍以上の数で包囲して殴る』を学び、また一段と魔法使いとして成長したのでした。

◆◆◆

「おー、ワイトー、お前今日残業できるか？　ちょっと面倒な事案があってな」

お弟子様との師弟関係の続くある日、不正をした貴族のお取り潰しで増えた予算の再配分に関する書類をちらつかせた文官長が、デスクで書類を整理していたワイト氏にそう持ち掛けます。

「すみません文官長。今日は外せない用事がありまして……」

お弟子様はワイト氏が帰るまで絶対に夕飯を食べないので、あまり残業はできません。お弟子様は宮廷魔導師様のお孫様ですから、そんな方にひもじい思いをさせると自分の首が飛ぶかもしれませんし、情も湧いたお弟子様を寂しくさせる訳にはいけません。

「……お、おう？　わかった。でも、お前最近帰るの早くないか？　定時に帰れって言わない限り帰らないお前が……もしかして、女でもできたか？」

文官長の冗談に、事務室で笑いが起こります。ワイト氏は白骨死体ですから、人間の恋人ができるはずがありません。できるとすれば、愛の障害なら死生観すらねじ曲げる覚悟を持った猛者くらいです。

「い、いえ？　女なんて、はは。そんな訳が無いでしょう？」

ワイト氏が大きく身振り手振りしながら誤魔化します。お弟子様が女と呼べる年齢かは怪しいですが、お弟子様だろうと王女様だろうと千年を生きるワイト氏から見れば誤差の範囲です。

「……え？　マジで？」

「……ちょっと現場に書類確認してきます!!」

形勢不利を悟ったワイト氏は、空間魔法で一瞬で逃げました。

行方不明扱いにはなっていませんが、一応はエルフの森で修業中の扱いになっているお弟子様がワイト氏の家にいるということになると、良からぬ噂がたちます。ただでさえ、政治の中枢にいるワイト氏を問題視する声も大きいのですから。

第13話　文官ワイト氏、弟子を手放す

MR.WIGHT,

WHO IS AN EXCELLENT CIVILIAN AND AN UNDEAD,
IS WORKING AT THE GOOD WORKPLACE.

「お弟子様、そろそろ不味いです。一度ご実家に帰りましょう」

「そんな！　破門ですか!?　何か粗相をしましたでしょうか!?」

とある休日の昼下がり、姿勢良く正座するワイト氏の前で、お弟子様は慣れない正座に悪戦苦闘しながらも、綺麗な姿勢でワイト氏と話をしていた。

内容は単純に、ワイト氏とお弟子様の関係が外部に漏れそうだということだ。ワイト氏は魔族。使えるなら猫でも骨でもなんでもいい会計課とは違い、世間の風当たりはとても厳しい。

端的に言えば、王国の重鎮の子弟であるお弟子殿が、魔王討伐に貢献したとは言え、元敵国の文官と交流があるというのは、世間的に不味いのだ。

「いえ、お弟子殿は大変真面目で優秀で、教わる側が強気に出ないという当たり前のことを正しくしてくださる素晴らしい方です。爪の垢を煎じて不真面目な魔族に飲ませてやりたいほどに」

たとえ相手が数世紀単位で歳上で先輩でも、自分の方が強ければ格下と看做《みな》す魔族の悪しき風習を唾棄するかのようにワイト氏は言った。

思い出すのはインキュバス氏を始めとした教育係を任された後輩の面々。誰一人として真面目にワイト氏の話を聞かず、ミスをすればワイト氏のせいで、定時になるとワイト氏に仕事を押し付けて帰るような魔族達だ。

「では、何故でしょうか……？　ち、父のことなら、しっかりと説得を……」

「していませんね？」

「はい……ごめんなさい……父はその……魔族が嫌いで……」

当然の話だ。魔族は元敵国であり、今も残党が抵抗激しい魔国にいた者達だ。軍部のトップであるお弟子様の父にとっては、絶滅すら生温いレベルの敵である。

その証拠に、軍部と会計課が衝突する度にワイト氏の存在を引き合いに出す。王国を内部から食い荒らす害虫という言葉を丁寧に包んで叩き付けるのだ。

「それも問題ですが、やはり王国の宮廷魔導師様の孫が魔族から指南を受けたというのは、体面が悪いでしょう」

「お師匠様は元々ヒト族ではありませんか！　魔道の頂に至るために生を捨て死霊の身となったことを責められる謂われなどありません！」

「確かに私はヒト族の遺体ですが……生前の霊位《クラス》は遊び人です。魔道の頂など、至ってもいませんし目指したこともありません」

霊位《クラス》とは、ヒト族をはじめとした人類の魂の形を示したものだ。霊滓《エナジー》を得て成長し、魂格《レベル》が上がるという点では魔族や魔物と同じだが、魔族が一定魂格《レベル》で『変異《ミューターニング》』を経て姿形すらも次の段階に変化するのに対し、霊位《クラス》は『霊位変格《クラスチェンジ》』を経て、己の上限が解放され、魂格《レベル》が1に戻る以外は見た目の変化は一切無い。

「あ、あり得ません！　遊び人なんて、全ての霊位《クラス》の技能を中途半端に使えるだけの霊位《クラス》ではありませんか！」

「はい、そうです。お盆に記憶が戻ったので、忘れる前に色々と書き留めておきましたが、私の生前の魂格《レベル》は10でした」

「わたし以下!?」

お弟子様の魂格《レベル》は既に34。一般的な兵士が30前後なのと比較すれば、年齢も含めてかなり高い部類に入る。

「で、では、どうやって今の魔法を修めたのですか!?」

「ワイトになって、種族的に方向性が魔法に偏りましたから。それに、前にも言いましたが、生きるのに必要でしたから」

ワイト氏からすれば、魔法は手段でしかない。生き残るための算術や交渉術、語学などの延長線だ。

「元々、不相応だったのです。私では、お弟子殿に何かを教えるなど、到底できません。お弟子様、私が今の貴方と同じ程度に魔法が使えるようになるのには、百年かかりました」

「え……？」

「死霊になりたての頃、恩人であるデスプリースト先輩に拾われ、自我はありませんが渡された書類を自動的に処理するようなことを続け、デスプリースト先輩が私の給料として用意してくれた生き物の生命力を得て自我を取り戻すまで十年。そこから百年です」

魔王にも及ぶ魔法と言えば聞こえは良いが、その程度なのだ。百年も生きていないエルフの守護騎士が、魔王にも有効な魔法を使えているのに対し、ワイト氏は千年かけてようやく、魔王に及ぶ程度でしかない。

「きっとお弟子様は立派な魔法使いになるでしょう。その寿命の中で、宮廷魔導師様も超えるほどに。だから、私のような小細工しか取り柄のない魔法使いに教わるべきではありません」

ワイト氏は闇の魔法を得意としているが、よく使っていたかといわれると、そうではない。

ワイト氏が好む魔法は毒や幻惑、状態異常に相手を陥れる魔法だ。例えばワイト氏は過去には攻めてきたヒト族の軍に魔法で混乱と幻惑を付加して逃げ出したことがある。

そのときは、敵を味方、味方を敵だと大混乱が起こり、ヒト族の軍はその半数を失う歴史的大敗を喫した。

しかし、そんなものは小細工でしかない。勇者のような一騎当千の英雄には、何の意味もないのだから。

「小細工ではありません！　敵を倒す、自分を守るという一番大事なことを成しています！　魔法は生き残るための物だと教えてくれたのはお師匠様です！」

「はい。私にとって魔法は生きるためのものです。ですが、その程度でしかないのです。お弟子様の言う魔道の頂、真髄とは、そこに至るために、魔法に命をかけるものでしょう。そんなのは死んでも……死んでますがごめんです」

　ワイト氏にとって、最優先は命だ。死ぬくらいなら魔法など簡単に捨てるし、生きるための労働で死にそうになるくらいなら社長に辞表を叩き付けて逃げる。過労死などあり得ない。

「私はお弟子様に魔法は教えられます。だてに千年生きていません。失伝した古代魔法、過去の偉大な魔法使いのオリジナル、かつての魔王の秘技。あらゆるものを知ってはいます。ですが、私は魔法使いの心構えを教えられない。私は魔法使いではなく、生き汚く生に執着した下級死霊でしかないのですから」

「お師匠様は立派な人です！　馬鹿にしないでください！」

　お弟子様は熱《いき》り立つ。お弟子様にとって、お師匠様であるワイト氏は、旧来の魔法使いに縛られていた自分に新たな道を示してくれた恩人だった。

　それを生き汚く生に執着した下級死霊と罵られるなど、たとえそれが本人であっても許せはしなかった。

「お弟子様……ですが……」

　その瞬間、ワイト氏の生存本能が悲鳴をあげた。千年間で培った、警戒心。勇者であればたとえ国境の外であろうと常に意識を向けているほど臆病なそれが、自らの領域である毒の沼地に踏み込んだ脅威に、大いに警鐘を鳴らしていた。

「お弟子様！　隠れてください！」

「へ？」

「いいですか？　絶対に出てきてはいけません！　魔法は生きるための力、つまり破門するしない以前に生き残るのが最優先なのです！　もし出てきてしまうと……」

ワイト氏は自分の頭蓋骨を摑み、持ち上げる。ゴゴッと鈍い音を立てて外れたそれの顎がカカカッと動き、言葉を話す。

「私のクビが飛びます」

「首が飛ぶ……お師匠様ですら恐れるような悪魔が来るのですね!?」

「我々にとっては悪魔にも天使にもなりうるとだけ言っておきましょう……では」

ワイト氏は室内で手を横に凪ぐ。手が通過した延長線上の、お弟子様の荷物や小物が次々と奥の客間に空間魔法で移動させられる。

お弟子様の全ての痕跡を隠蔽し、やけに寂しく見えてきた室内に少しだけ気分を落ち込ませながら、数少ないヒト族の来客用のお茶菓子を用意する。

そして、数分後、ワイト氏にとっての天敵に等しい聖霊を嵐のように引き連れたそれがワイト氏の屋敷を守る結界に接触する。

そして、それは極めて礼儀正しく、屋敷の戸を叩いた。

「ワイト、私です」

「ようこそお出でくださいました、社長」

この国の象徴たる王族。救世の聖女。様々な肩書きを持つが、ワイト氏にとって最も重要な肩書き……雇用主である社長の風格を纏って、王女様はワイト氏の屋敷に踏み込んだ。

◆◆◆

ジョンが淹れた紅茶の香りが、ワイト氏の屋敷に広がります。ジョンは賢い犬ですから、紅茶を淹れるのもお手の物です。ですが、ジョンは王女様が大嫌いなので、あえて適当に淹れています。

しかし、そんなことは知らないワイト氏は、明らかに場違いな雰囲気と風格を持って、目の前にすっかり慣れた正座で座る上司の機嫌を窺うように、視線を向けます。

「それで社長。こんな辺鄙《へんぴ》な場所に何のご用でしょう？」

ワイト氏の家は毒の沼地の広がる、ここを進軍するなら兵の半分は犠牲になり、天然の要塞に近い環境を誇る湿原にあります。ここに来るのは、もはや毒物如き気にしていられない文官くらいなものです。辺鄙とかそんな次元の話ではありません。

「いえ、貴方は王国の一員としても特殊な立ち位置ですから、何か不便はしていないかと、上司として少しお話を、と」

「その事でしたら、ご心配は無用です。ヒト族の皆様は本当に良い方々で……魔族の私も平等に扱っていただいています」

ワイト氏の所属する財務部会計課は、使えるなら神であっても使うがモットーです。魔族でも仕事ができるなら大歓迎。足を引っ張るゆとりはヒト族であろうが神であろうが害悪です。

「そうですか。そう言えば、小耳に挟んだのですが、最近は随分と交遊関係が広がっているそうですね。この前、帝国に外交の関係で訪れたのですが、姫騎士様からどうぞ宜しくと」

「ああ、姫騎士様は件の帝国の対オーク戦争の調停の兼ね合いで」

「その件はご迷惑をお掛けしましたね。会計課の貴方にあんな大仕事を」

「いえいえ、オーク族は良い友人ですから。あの種族は良いですよ。基本的に真面目で、情に厚い民族性で、魔国時代に何度助けられたか……」

ワイト氏のオーク族との付き合いは数百年前に遡ります。当時、横暴だった地域領主が聖女によって滅ぼされ、オーク族の集落のある地域がワイト氏の担当地区になった時からの付き合いです。

「そのようですね。最初は魔族と敬遠されていたようですが、地域住民ともよく馴染んでいるようで。魔族とヒト族、異なる種族の融和は喜ばしいことです。ええ、本当に――」

その時、ワイト氏に悪寒が走りました。王女様の近くの聖霊が、震え始めたのです。

実際は、王女様の雰囲気の変化に怯えて、ついいつもの癖で魔法による防御の準備を進めたワイ

ト氏に怯えて聖霊が荒ぶっただけなのですが、お互いがお互いに怯えている聖霊とワイト氏がそれに気付くはずがありません。

「ワイト？　ところで最近、親しくしている女性がいるそうですが？」

「親しくしている女性……ですか」

ワイト氏は渾身のポーカーフェイスで動揺を隠します。最近になって親しくし始めた女性など、お弟子様しかいません。

「どの方でしょうか？　仕事の関係で話をする方はそれなりにいますから……いやはや、最近は聖女様のお陰で社会への女性進出が目覚ましいですね」

ワイト氏は王女様を称えて、話を変えようとします。王女様がワイト氏の家に来るときは、世間話から政治の話に繋がり、ワイト氏が千年に渡る経験談や、他国の失敗談や成功談を王女様に教えて、これからの国の行く末の話になるのがいつものことです。

「ええ、有能な女性が社会で活躍するのは素晴らしいことです」

穏やかな表情で、王女様は言います。

話を変えられたと思ったワイト氏は、かつて男尊女卑の末に女性の反乱で乱れた国の話をしようと生前の癖で一度喉を潤そうとお茶を啜りました。

「それで、ワイト。私は仕事上の付き合いのことを聞いているのではありません。王女として貴方を国に招いた立場上、私は貴方がしっかりと国に馴染めているかを確認する義務があります。例えば、ここ最近でこの家に出入りするようになった方の話など、是非とも聞きたいですね」

お茶を啜ったまま、ワイト氏は寿命が削れていく音を聞いていました。死霊であるワイト氏の寿命は、魂が生きることに疲れるか飽きるまでなので、寿命が削れることは無いのですが、気分の問題です。

「ワイト、ここまであからさまに部屋をかたづけられると、私とて疑いたくなってしまいます。随分と模様替えしたようですが、物と物との間に不自然な隙間が多いですよ」

ワイト氏の家にある家具など、卓袱台と座布団、将棋盤や囲碁盤、それと本棚くらいなものでしたが、お弟子様が来るに当たって、ヒト族の生活に必要なものが色々と増えてしまいました。

それを魔法で慌ててかたづけたものですから、不自然な隙間が目立っています。

「別に、私生活に兎や角言うつもりはありませんが、私に紹介できないような友人がいるのですか？」

「いえ！　滅相もありません！」

紹介するだけならできます。むしろお弟子様は血縁も何もかも立派な方ですから、胸を張って紹介できるでしょう。

ただし、これはワイト氏がヒト族だった場合です。

ワイト氏は魔族ですから、国の上層部と私的な交遊を持つのは、あまり歓迎されることではありません。

「では、奥の間にいる方が何方か、紹介していただけますね？」

「……はい」

完全敗北でした。ワイト氏でさえ魔法を使わなくても勇者《迫り来る死の気配》や聖女《絶望の足音》に気付けるのですから、魔王を倒す救世の旅路で経験を積んだ王女様は、同じ屋敷の中のヒト族の気配程度感じられてもおかしくはありません。

「ジョン、お弟子様を」

「お弟子様？」

「最近、弟子をとりまして。魔法を教わりたいとのことでしたので……」

ジョンがお弟子様を奥の間から連れてきます。そして、一緒に持ってきたうさぎ柄の座布団をワイト氏の隣に置いて、お弟子様の大好きな蜂蜜入りのミルクを卓袱台に置いて、自分はワイト氏の膝に座りました。

「貴女は……！」

「お師匠様の一番弟子です！　お久し振りですね！　王女様！」

「エルフの国に修業に出たのでは!?　守護騎士様からもそのように伺っておりますが……いえ、守護騎士様は、『エルフの国に来たよ』とは言っていても、エルフの国にいるとは一言も言っていませんでしたね……！　相変わらずあの方は……！」

旅の途中、守護騎士様にからかわれてばかりだった王女様は、心なしか安堵したように拳を握ります。

「はい！　守護騎士様からお師匠様を紹介していただき、魔法の手解きを受けました！」

「そうなのですか……では、ワイトはそのために帰宅を早めて？」

「はい……できればこのことは内密に。お弟子様の経歴の傷となりますから」

ワイト氏は王女様に頭を下げます。ワイト氏にも情がありますから、一緒に暮らしたお弟子様が自分のせいで苦労するのは嫌でした。

「お師匠様！　王女様！　王女様からも言っていただけませんか!?　お師匠様は偉大な魔法使いである自分を卑下し、わたしを破門しようとしているのです！」

「え、ええ……ワイト？　私も貴方は立派な魔法使いだと思いますよ？　守護騎士様もそれを認めているからこそ貴方を推薦したのでしょうし……」

「王女様、お弟子様の父上……軍部長官の魔族嫌いはご存じでしょう？」

「ええ、まあ……」

軍部という暴力の塊のような集団相手に喧嘩を売るなんて、基本的に小心者なワイト氏にはとてもではありませんが無理です。

「お父様だってお師匠様の偉大さを知れば……！　そうだ！　お師匠様！　父に手袋を投げ付けましょう！　決闘です！　父をボコボコにしましょう！」

「無理ですお弟子様……現実的に」

ワイト氏はお弟子様の父親である軍部長官を思い浮かべます。戦士の第三霊位である剣闘士《グラディエーター》などという完全な物理特化型。どこからお弟子様の要素が出てきたと聞きたいほどの脳筋です。

一応、長官なので頭もいいので、頭のいい脳筋、インテリヤクザです。最もたちが悪いです。しかも権力もあるから手に負えません。

そんなものに手を出せば、次の日にはワイト氏には地域紛争の最前線に辞令が出るでしょう。

「では、どうすれば破門を取り止めていただけますか!?　政治的圧力ですか!?」

「ぐぅ!?」

「止めなさい！　ワイトに政治的圧力という言葉は禁句です！」

「も、申し訳ありません、お師匠様……」

「い、いえ……」

上からの圧力などワイト氏の最も苦手なものです。上からの圧力の被害者の苦情は、ワイト氏のような末端が一手に引き受けなければいけないのですから。

「そうだ！　家から籍を抜けば……！」

「お止めくださいお弟子様！」

「そうです！　もしそうなれば、原因であるワイトを私でも守り切れない……！　確実にクビが飛びます！」

「でも、でも……」

お弟子様は泣きそうな顔で、ワイト氏をチラチラと見ます。ワイト氏の膝に座るジョンも、子分であるお弟子様の様子を見て、どうにかできないかとワイト氏を見上げます。

「……隠しておくわけにもいきませんし、一度、家にお返ししましょう。もちろん、エルフの国から帰った体で」

「そんな！　王女様……！」

ワイト氏の膝にいるジョンも、余計なことを言ってくれやがってと顎を鳴らして王女様を威嚇します。ワイト氏はそんなジョンを諫めて、王女様に頭を下げました。

「ありがとうございます。社長。この恩には仕事で報います」

「ええ、そうしてください。ですが、軍部長官には私からも説得してみましょう。貴方が弟子を取る、というのは、この国にもプラスになりますし、宮廷魔導師の孫の師といえば肩書きとしても使えそうですし」

「え、あっ？　肩書き……？」

「こちらの話です。では、ワイトのお弟子様、近日迎えを出しますので、用意をしておいてください」

王女様は、お弟子様の頭を撫でて微笑みます。

お弟子様はパァッと明るい笑顔で、頷きます。

「しゃ、社長……？」

「肩書きは多いに越したことはありません。私もそろそろ歳ですから、早く降嫁したいですね」

そう静かに微笑む王女様と、きゃっきゃと喜ぶお弟子様に一抹の不安を感じたワイト氏は、魔国時代とは違った疲労が増えてきたと、無い頬で苦笑いするのでした。

第14話　文官ワイト氏、上役と敵対する

MR.WIGHT,

WHO IS AN EXCELLENT CIVILIAN AND AN UNDEAD,
IS WORKING AT THE GOOD WORKPLACE.

「ワイト、今日は残業いけるか？　税務部の書類に漏れがあってな。修正が結構大がかりになりそうだ」

「わかりました」

「んじゃ、この分頼むわ」

　ドンッとデスクに積み上がる書類の山。会計課ではよくある光景だ。書類を増やせばどうしても一枚一枚を処理するペースを早めざるを得ない。そこで、木を隠すなら森の中。不正な数字を隠すには数列の中と、書類を水増しして提出するような輩もいるのだ。

「この領主潰す……」

「ギリギリで出してきたあたり確信犯だろ絶対……公費横領でっち上げてやる……」

「活力ポーション足りねえ……疲労忘却魔法……」

「普通間違わねえだろここの数字……人口二万人の村って村じゃねえよ……」

　会計課ではよくある光景だ。渦巻くのは恨み辛み。しかし、ここが王国の正常な出納を守る最後の砦なのだ。文句を言いつつも、一枚一枚しっかりと目を通す。

「しっかしワイト。お前がまた残業するようになって助かったよ。お前がいれば乗り合い馬車の最終便を無視して仕事できるしな」

果たしてそれが救いなのか。答えられる者は会計課にはいない。彼らにとって重要なのは、少しでもタスクを減らすことだけだ。

「俺も空間魔法覚えてえなあ……なあ、ワイト、お前、弟子とったりしねえの？」

「…………………何故ですか？」

仕事の手を止めず、顔すら向けずに答えるワイト氏。しかしそれは話し相手……文官長も同じだ。会計課の面々にとっては、仕事の片手間に小会議など基本技能である。

「いやさー、空間魔法ってえげつないくらい難しいんだろ？　国で雇ってる魔法使いも、空間魔法が使えるってだけでべらぼうに給料高いからな。お前が弟子とって空間魔法使いが増えたら便利だろ？」

「……私自身、二百……三百？　まあ、それくらいかかってますからね。簡単に扱えるようになる魔法ではありませんよ」

ワイト氏の脳裏……とは言っても、ワイト氏の頭蓋の中身は空っぽだが、お弟子様の姿が過る。お弟子様なら、百年もせずに空間魔法を極められるのだろう。

「と言うより文官長。空間魔法使いが増えるより、新入社員までですか？」

「戦後復興。学徒育成とか六の次だよ。軍縮したのに予算が増えねえ……」

「解雇された騎士も、こんな出世街道から外れた場所には来ませんしねえ……」

「無能総務が増えただけだよ。糞が。こっちに人員寄越せ……」

下手な左遷より行きたくないと称される会計課。他より頑張るせいで能率が上がり、他より能率が高いから仕事が多く振られ、他より仕事が多いから敬遠される負のループに誰も気づかない。

「この間総務が来ましたけど、邪魔でしたしね……」

「お茶汲み骸骨の方がまだ使えたな……」

事務処理というのは、一人が優秀であっても回らない。たった一人の作業の遅れで、全体に被害が及ぶのだ。

「なんであいつら計算あんなに遅い上にミス多いんだよ……無駄学歴の金食い虫共め」

「しかも作業途中で休憩入りますしね。駄目なヒト族の典型例ですよ」

なお、総務課の人員は至って真面目だった。ただ、要求される仕事が大きすぎただけで。

現在会計課の抱える仕事は多い。魔国から得た新たなる領地の開拓及び統治。それに加えて、魔国という共通の脅威がいなくなったことによる外交問題。戦争という特大需要が無くなったことによる需要と供給のバランス崩壊による経済対策。

それら、国家予算の運用に関わる全てで財務部とその部署である会計課に仕事が生まれる。

「はぁ……転属できねえかな。花形の防衛省あたりに」

「無理でしょうねえ……あそこ、コネが全てですし。会計課からあそことか、針のむしろですし……」

お弟子様の父親のことを思い出し、ワイト氏は胃があった部分が痛くなってくる。幻肢痛のようなものだが、それだけで寿命が削れる思いだった。

「文官長……私生活の問題って、どう解決するんでしょう……」

「はぁ？　どうした急にリストラの危機が迫る窓際社員みたいな顔して」

文官長はワイト氏の表情を読める数少ない存在だ。他にワイト氏の表情を読めるのは、直属の上司である王女様と、ペットのジョンポチミケくらいであろう。

「実は、私生活で某国のやんごとないお方のお孫さんに気に入られまして……」

「ふむ、帝国とかか？　お前、姫騎士殿下と個人的に親しいらしいし。んで、それがどうした？」

「そのお父上が大層な魔族嫌いでして……今まではその方はお父上に内緒で我が家にいらしていたのですが、やはり問題があって一度お帰りいただいたのです」

「お帰りいただいた……？　同居してたのか？　あの絶死毒沼領域に？　あそこ、郵便すら届かないだろ。王都から馬車一時間圏内なのに。まあ、脳筋帝国のヒト族ならあり得るか。で？」

「それで、どうやらその方は大層我が家がお気に入りになられたようで……戻ろうと駄々をこねていて、このままだと私が消されかねません……」

「姫様直属のお前を消す……？　無理じゃね？　政治的にも、物理的にも。お前寝ないしすぐ逃げるし暗殺もできないと思うが」

「文官長、強固な空間結界で包囲されて物理で殴られると私は死にます。たぶん低レベルの戦士でも武器がちゃんとしていれば殺せます」

ワイト氏の防御力は低い。実を言えば魔法耐性もそこまで高くない。耐久面だけ見れば、ペットのジョンポチミケ……ゾンビ・ケルベロスに瞬殺される程だ。

「変異《ミユータニング》して実体捨てたらどうだ？　リッチとかグリムリッパー辺りに」

ワイト氏には変異《ミユータニング》するという道もあった。

本来なら第五変異個体になっていてもおかしくはない霊滓量《エナジー》で、一足飛びに死霊系第四変異個体のリッチやグリムリッパーを超えて、イービルワイトロードという最上級の死霊になることすら可能だ。

「……魔力量、一時的にかなり下がります。たぶん、死霊を百体呼ぶのがギリギリな感じに」

ワイト氏の愛用する魔法、『眷属霊召喚《サモニング・シンクロハーツ》』は自分の魔力で、自分と同族の死霊を呼び出す魔法だ。

ワイト氏はこの魔法で大量の死霊を呼び出し、相手を物量で包囲して、死霊には効果のない毒や酸、呪いや闇の魔法で妨害し、必殺の威力を誇る魔法の一撃を叩き込むという戦法を好んでいた。

しかし、死霊の一体一体はとても弱い。魂格《レベル》が300あっても、インキュバス氏のような第三変異個体でも容易に負ける。実体のある死霊、しかもワイトやスケルトンのような肉の無い死霊は、魂格《レベル》が高くとも防御力はとても低い傾向にあるのだ。

故に、百体程度では一騎当千の猛者……勇者や聖女、特に聖女には何の意味も成さない。

「魂格《レベル》を上げすぎて変異《ミユータニング》できない……普通は、変異《ミユータニング》やら霊位変格《クラスチエンジ》するために魂格《レベル》を上げるんだがなぁ」

「しかも、人里で暮らすには、リッチやらグリムリッパーって不便なのです。維持するための生命力が大幅に増えて。今はワイトですから動植物の生命力や他の死霊食べるだけで維持できてますが」

「お前、他の死霊食ったりしてたのな」

「美味しくはないんですけどね」

「美味い不味いあんの？」

「その……なんとなく？」

「へえ、死霊も色々あるんだな。たぶん俺、今世界で一番死霊に詳しいヒト族だわ」

この会話をしながら、ワイト氏は書類を魔法で文官長のデスクに送り付け、文官長はそれにざっと目を通して判子を捺《お》す。そしてその書類が必要な部署に、雑務用の死霊が運んでいった。

もはやこの光景に違和感を覚える者などこの会計課にはいない。

「……話が逸れましたね。で、どうしたら良いと思います？」

「色々ぼかして話されてるから何ともなぁ。同居してた経緯もわからんし」

「……ここだけの話ですが……」

魔法で周囲から声を遮断するワイト氏。この魔法は、内側からの声は外部に聞こえないが、外部の声は普通に聞こえるため、仕事に支障が出ることはない。

「弟子にしてほしいと、言われまして」

「なるほど。それでさっきの反応か。んー、弟子な。普通に駄目だろ。魔法技術は軍事機密だぞ。帝国に漏らすのはなぁ」

「……ですね」

まさかこの国の宮廷魔導師の孫とは言えないワイト氏は、その勘違いを修正せず、流すことにする。

「でも、お前なら他国に引き抜かれるとかあり得そうだよな。魔王殺しの大魔導師殿」

「まさか。帝国に行ったら帝国の神官に浄化されましたよ」

「まあ、流石にそうだよな。だが、国外で引き抜きの話あったら言えよ？　お前が単体で他国に行くのは、少し……いや、結構問題がある」

「不便だからですか？」

「まあな」

そんなとき、こんこんと事務室の扉がノックされる。ワイト氏が結界を消すと同時に文官長が入室の許可を出すと、入ってきたのは軍事部の事務員だった。

会計課が臨戦態勢を整える。金食い虫の軍事部。正しく使われている額も膨大なら、支出不明や不要な支出も膨大な会計課の敵。そして内部の性格上、エリート意識が強く、会計課を見下している風潮すらある。

「はあ……呼び出しか。またどうせ予算の予備枠寄越せとかそんなんだろ。行ってくるわ」

文官長が席を立とうとすると、『いえ』と事務員がそれを制した。

「呼び出しですが、文官長ではなく、ワイト氏です。ワイト氏、長官及び宮廷魔導師様がお呼びです」

「……はい」

ワイト氏は無言で退職願をデスクから取り出し、空間魔法で極東まで逃げる準備を整えた。

◆◆◆

「娘との交遊関係を一切断っていただきたい」

「はい。申し訳ありません」

小会議室入室から最初の声でした。

中で待っていたのは、二人の男性。どちらも大きな体格をしており、片方はスーツ姿、片方はワイト氏も一時袖を通したことのある、宮廷魔導師様の正装であるローブ姿でした。

「まあ、落ち着きなさい。ワイト殿も、椅子についてはお如何ですかな？」

「はい」

ワイト氏は、ギリギリと痛む胃のあった部分を押さえるのを我慢しながら、二人の正面に位置する椅子に座ります。

ストレスで吐血しそうでした。ワイト氏に吐ける中身などありませんが。

「この度は孫がお世話になりました」

「いえ、お孫様は立派な方で、こちらこそあのような辺鄙な場所で負担ばかりかけてしまい、申し訳ありませんでした」

常人なら息をするだけでも辛い毒の沼地。老人や子供ならそれだけで死んでしまうような過酷な環境です。屋敷には結界が張られていたとしても、あまり良い場所とは言えません。

「そう思うなら、何故早々に私に報告しなかった？　君は魔族にしては随分と知恵が回るようだ。その程度のこと、わかるだろう？」

「申し訳ありません。老婆心ながら、古い魔法を才能あるご令嬢に授けられればと思い、報告を怠りました」

守護騎士様の圧力と言えば簡単ですが、そのせいでエルフの国との関係に不和が生じてしまえば、王女様に迷惑がかかってしまうので、言うわけにはいきません。一に王女様、二に保身です。

「その節はありがとうございます。古い魔法、古い呪い。孫も随分とワイト殿に感謝していた」

「父上！　この魔族が娘に何を教えたとお思いですか！　砂埃や濃酸霧、果ては毒の霧での目潰し！　その上帝国式の剣術！　王国の清廉な忠臣たる我々を馬鹿にしている！」

軍部で清廉と聞けるとはワイト氏も思ってもみませんでした。文官長もワイト氏も、予算の承認を迫られる度に、支出不明金使えばできますよと言いたいのを我慢しているのですから。

「落ち着きなさい。どれも素晴らしい魔法でしたよ。無駄の無い魔力運用。感服しました」

「恐れ多い。宮廷魔導師様の足元にも及びません」

実際、ワイト氏は使える魔法しか使えないのです。種族上得意な闇の魔法と死霊魔法。便利な空間魔法や毒や酸の魔法。妨害から攻撃までなんでもこなせる雷の魔法。それ以外は、仕事で使えるちょっとした小技程度です。

「ご謙遜なさらず……私は見ました。帝国とオーク族の戦。そこに現れたドラゴンを葬る貴方の魔法を……！　あれは天恵でした。すでに最果てと現を抜かした私への福音でした。あの規模であの精密さ。私には、あの時の私はとてもではありませんが真似できませんでした」

「ち、父上？」

豹変する宮廷魔導師様の様子に、長官様も動揺します。ワイト氏はもっと意味がわかりませんでした。二人に糾弾されると思っていたら、片方はその通り、ですが片方が信仰を告白するようにワイト氏を讃え始めたのですから。

「私は自身の未熟を悟り、魔境の奥地まで、修練の旅に出掛けました。ワイト殿が生への執着の果てに至ったそれを少しでも見ようと、一切断食し、水と霊地の魔力。それだけで命を繋げました」

ワイト氏はそんな大袈裟なことをしたことはありません。ただ、千年間ひたすら生き足掻いてきただけです。実際は千年かもよく覚えていない程に。

「その果てに、微かに摑んだのです。魔道の果て、その断片を」

「お、おめでとうございます」

そんなことで摑めるのかとワイト氏は感心しました。だったら死霊は全員魔道の果てに至るのではないかと思いもしましたが。

「ワイト殿、手合わせをお願いしても、宜しいでしょうか？」

「っ!?」

「父上!?」

手合わせ。

それはワイト氏にとって悪夢に等しい言葉でした。魔国時代、喧嘩っ早い魔族同士が、幾度となく命の絡む手合わせをし、せめて無人の場所でやれば良いものを、自己顕示欲の現れか、市街地で盛大に殴り合いが始まります。

そしてその被害に近隣住民が激怒し、治安維持機関に連絡……するまでもなくそこに乱入して怒りをぶつけて、被害が拡大。

それによって発生した膨大な被害のクレームは領主……ではなく、その下の実務関係の文官に向かうのです。

さらに言えば、魔族は少しでも気に食わなければ『お？　やるか？』と平気で宣《のたま》うので、ワイト氏も常に手合わせの脅威に晒されてきた。

「ははは、宮廷魔導師様はご冗談もお得意なようで……」

「冗談ではありません。私の摑んだ最果ての断片が本物か、試したいのです。その証拠に、この通り」

手袋が投げられました。それは、決闘の申し込みです。

しかし、ワイト氏は避けることもできません。如何に魔法以外の能力が壊滅的なワイト氏でも、魂格《レベル》が８１０にもなれば飛んでくる手袋を回避する程度造作もありません。

しかし、避ければそれは『お前如きと決闘なんてするかバーカ』という意味になることをワイト氏は知っています。宮廷魔導師様相手にそんなことをすれば、ワイト氏の脛椎と頭蓋骨が永遠にお別れするはめになります。

ぽすっと気の抜けた音がして、手袋がワイト氏の手に収まります。ワイト氏はそれを丁重に宮廷魔導師様にお返ししました。

「受けて、頂けるのですね？」

「……宮廷魔導師様のお胸を、お借りしたいと思います……」

「な！　父上!?　このような魔族相手に……」

声を荒げる長官様ですが、一度ぶつけられてしまった手袋はどうしようもありませんし、長官様も一応は騎士なので、取り下げさせるのも騎士のマナーに反します。

そして、長官様の助けを期待していたワイト氏ですが、それが来ないことを悟り、どうやってやり過ごすかで、胃の張り裂けそうな思いをするのでした。

第15話　文官ワイト氏、戦う

MR.WIGHT,

WHO IS AN EXCELLENT CIVILIAN AND AN UNDEAD,
IS WORKING AT THE GOOD WORKPLACE.

「無断欠勤《こくがいとうぼう》など考えているのですが、どう思いますか？」

「上司の前でそれを言えるお前の勇気には感心するよ」

場所はワイト氏の屋敷。決闘の話を聞き付け、真偽のほどを確かめに来た文官長とワイト氏が卓袱台を囲んでいた。

「実際どうなのよ？　勝率。宮廷魔導師様ったら、最先端の魔法の全てを修めているとか聞くし、大型儀式の単独起動とか、強そうな逸話に事欠かねえけど」

「そうですね……お歳さえ召していなければ社長と共に魔王を討伐しに来られたようなお方ですからね……勝率は、一割を下回りましょう」

「お前が一割ってことは、実際は三～四割くらいか。まあ、悪くはない数字だが、お前の場合は勝っても問題があるしなぁ」

文官長は、ワイト氏が自分を過小評価する傾向を加味して、実際の勝率を計算した。部下の能力を把握するのも、上司の仕事だ。

「引き分け、もしくは僅差の敗北ってのが理想だな。あんまりボロクソに負けても、お前の魔王殺しの功績が疑われるし」

「逃げる以外の戦い方を知らないのですが……引き分けなんて、どうやってするのか……」

ワイト氏が本気で勝つために戦ったのは、かつてワイト氏の退路を塞ぎ、その圧倒的な相性の良さを利用してワイト氏を追い詰めた過去の聖女程度のものだ。

さらに言えば、その聖女相手にしても、文字通り死物狂いで猛攻を仕掛け、ワイト氏の退路を塞いでいた結界を維持する力を削ぎ、結界を破壊して逃げ出している。

「しかも、私は基本的に一対一で一騎当千の猛者とやり合うようなことは無いので……そういうのは良い霊滓《エナジー》になるからと強い魔族が処理していましたから」

ワイト氏が得意な戦法は、毒や酸をばら蒔き、大量に召喚した死霊で足止め、遠方から攻撃魔法で一方的に仕留め、空間魔法で撤退するという戦法だ。

だが、所詮は全て小細工なので、毒や酸を無効化したり、雑多な死霊を歯牙にもかけないような怪物相手だと全く意味を成さない。

「ふうむ……お前から見た感じ、引き分けを条件にするなら勝率は？」

「負けなければ良いのでしたら、八割です」

「お前にしては自信ある数字だな」

「ですが、これはあくまで逃げに徹した数字でして……魔法使い同士の決闘規則に則り、お互いの魔力切れや双方魔法の行使が不可能な状況となると、勝つよりも難しいかもしれません」

逃げの一手。それはワイト氏の最上級の勝利だ。戦わなければ負けることもなく、命を失うこともない。

だが、今回は事情が違う。戦いから背を背ければ、決闘を侮辱したと打ち首に処される可能性が高い。逃げることは許されない。

「うーむ……難しいな。参考までに聞くが、お前が宮廷魔導師様より優れている点、列挙してくれ」

「宮廷魔導師様より優れている点……知識量なら、私に軍配が上がるでしょう。ですが、私の知識は古いものが多く、最先端の魔法と差し引きするなら相殺される程度のものです。あとは……私の方が、誇りがありません」

「誇りが無いのが長所ってのもなぁ」

「誇りなんて生きているからこそ必要なものです。生きるか死ぬかのところで誇りを持つなんて、命を舐めています」

一度命を落としたワイト氏の言葉だけあり、重々しい説得力がある。千年以上の時を、死にたくないという思いだけで生き抜いてきたのだから。

「……まあ、誇りの無い戦い方したら決闘を侮辱したってクビが飛ぶけどな」

「……どちらのでしょう?」

「物理的に飛んだ結果、社会的にも飛ぶ」

「なるほど。その場合は……国外にでも逃げましょうか。極東辺りに」

「あー、極東はありかもな。海戦するにしても距離があるし、万が一にも敵対しねえだろうし」

「トヨトミの時代は大陸に兵を送ったりもしていたようですが、トクガワの世なら大丈夫でしょう。私も、しばらく公の仕事は避けて、知り合いの死霊の伝で民営の職場に就こうと思います」

「極東の知り合い、ねえ。お前ほんとに知り合い広いよな」

　ワイト氏の人付き合いは広い。千年あったと考えれば狭くも思える程度だが、人の一生とすればかなりのものだ。

「この世で最も強い三つの力は、財力と権力、そしてコネクションです。自分自身は弱くとも、強い人との繋がりは、たとえそれが竜の威を借るゴブリンだとしても、結果的に自分の力になる」

「まあな。現在進行形でお前は王女様の威を借りてる状態だもんな」

「ええ。さもなければ魔族の私が公職に就くのは不可能ですから」

「そうだな。まあ、今になってお前が王女様から見放されても、俺が後ろ楯になってやるよ。お前いないと不便だからな」

「ありがとうございます。これからもお役に立つ……その前に、今回の騒動をどうにかしなくてはなりませんね」

「それもそうだな」

くっくと文官長が笑い、ワイト氏もそれに釣られてカカカッと乾いた骨がぶつかるように笑う。端から見れば死霊と、それに憑かれ、狂気に囚われた男の様相だが、それを指摘する者はいない。

そんな中、ワイト氏が結界に侵入者を検知する。この結界は小動物のような無害な存在には反応しないが、ワイト氏に被害を与える可能性がある存在なら、たとえそれがゴブリンだろうと反応する。

つまり、今この屋敷に近づいているのは、少なくともワイト氏の警戒に足る人物ということだ。なお、ワイト氏は気づいていない。毒の湿原に侵入できるような生物はだいたいワイト氏の警戒の基準を満たすことを。

「……どうやら、お客様のようだ」

「王女様とかじゃねえよな？　それか知り合いのゾンビ氏とか言ったら俺は帰る」

「……これは……お弟子様……？」

ワイト氏は毒の沼に忍ばせている配下の死霊から来客の姿を見た。それは、紛れもなくお弟子様だった。

「ああ、帝国の？　あんまりホイホイ帝国民招き入れるなよ？　入国許可取ってれば良いって話でもねえし」

「……この国の方ですよ。お弟子様は」

「は？　この国のヒト族？　ちょっと待て。お前確かやんごとない身分の方とか言って――」

「ただいま帰りました！　お久し振りですお師匠様！」

ワイト氏の屋敷の戸の鍵は特別製だ。内側も外側も、鍵の形状自体はどうでも良く、その人物がワイト氏の許可した存在かどうかで勝手に鍵が開く。

ワイト氏は戸の警備魔法のリストからお弟子様を抜き忘れていたのを思い出し、頭を抱えた。

それでなくともジョン達が迎えに行っていたところを見ると、抜いていてもジョン達が内側から開けていた公算が高いが。

バンッと襖《ふすま》が開き、前に来たときと同じだが、少し使い込まれた様子の旅人衣装を纏って。

「お師匠様お師匠様！　祖父に手袋を投げたとお聞きしました！　流石ですお師匠様！　確かにすでに父に家督を譲っているとは言え、その父すらも頭の上がらない祖父に狙いを定めるとは！」

「ワイト、俺、実は何度かこの方見た記憶があるんだ。娘の社交界でな。記憶が確かなら軍部の長官の娘さん……」

「その通りです」

「そうか。最近めっきり話を聞かないなと思えばお前に弟子入り……帰るわ」

「まあまあ、今日はお休みでしょう?」

事が面倒な気配がして逃げようとする文官長と、それを阻もうとするワイト氏の、アイコンタクトだけの攻防が繰り広げられ、しぶしぶ文官長が折れた。

「お弟子様、まずは手洗いを。話はそれからです」

「はい！」

茶の間から去っていくお弟子様を見送って、文官長はワイト氏を軽く睨み付ける。

「おいこらどういうことだ？」

「エルフの守護騎士様から圧力がありまして……弟子にしなければ国交に支障が出るかもしれません。その場合、社長にご迷惑が……」

「…………怖いな。権力って」

「……はい」

茶の間の雰囲気が葬式のようになる。組織に属する以上、理不尽な事柄は事欠かない。

「はぁ……あの様子だと、長官の娘さんはまだお前に師事してたいってことか」

「まあ、はい」

「……勝つしかねえなぁ……勝てば向こうも文句言えねえだろうし……せめてこれがお盆なら、お前がヒト族として戦えるんだが」

その言葉を聞いたワイト氏が、ハッと目を見開く……ような仕草をする。まぶたどころか皮すらないワイト氏だが、少なくとも文官長はそう見えた。

「…………ヒト族としてなら、問題無い……？」

「ん？　まさか常駐的にヒト族になる魔法でも開発したのか!?　だとしたら常に使っとけよ！　すぐに姫様に報告だよ！」

「いえ……ですが、この間、お弟子様がとある魔法を……」

「お呼びですかお師匠様！」

手洗いうがいを済ませ、室内着に着替えたお弟子様が、愛用のうさぎ柄座布団でワイト氏の隣に陣取った。

「お弟子様、この間、ジョン達と遊んでいたあの魔法、使えますか？」

「？　お師匠様なら死霊を呼んだ方が良いと思いますが……わかりました！　見ていてください！」

襖を全て開けて、縁側から庭に下りて、ワイト氏に指示された魔法を使うお弟子様。庭の地面がぼこぼこと盛り上がり、お弟子様そっくりの土人形が幾つも現れた。

「……でも、これ動かないよな？」

「中に死霊でも入れれば……」

「……土人形の中にお前が入るってことか？」

「そんなことしたら前が見えませんし重くて動けませんよ。と言うか私、変身の魔法で生き物に変身すると、死ぬんですよ」

ワイト氏の体は、すでに朽ちている。それでもなお生への執着という呪いで命を繋いでいるのだ。だが、擬似的にでも蘇ってしまえば、その呪いは消える。呪いが消えれば、ワイト氏という存在は維持できない。

「その辺はよく知らん。んで、お前が直接動かさないんだったらどうするんだよ」

「だから、お盆の時の肖像から私の土人形作って、あたかもそれが本体っぽく演出して、私自身は召喚した雑多の死霊に隠れれば……」

「…………ああ、なるほど。確かにそれなら王女様大歓喜……それでいてさらに勝てば、軍部の長官も黙らせられる……」

「……それで長官、黙りますか？」

「軍部は実力主義だ。少なくとも実働部隊はな。だから、もしお前が宮廷魔導師様に勝って、そのお前に何かいちゃもんつけると、間接的に宮廷魔導師様への侮辱になる。面倒な貴族の風習だが、今回はそれが役に立つ」

小市民なワイト氏にはよくわからないが、そういうものだと納得する。

「それなら、後は勝つだけだが……勝率は五割以下だぞ？　負けても僅差なら構わないが、弟子入りは却下される上に、お前の風当たりはさらに強くなる」

「お師匠様なら勝てます！　でも、祖父も王国一の魔法使いですし……どっちも勝ってしまうんですがどうしましょう!?」

「……相手の力《けんりょく》は強大……いつだってそうでしたね……ですが、いつだって権力者《さいきょう》を倒すのは労働階級《じゃくしゃ》でした。その歴史に倣いましょう」

ワイト氏は関節をぴきりと鳴らしながら立ち上がる。ゴキゴキと首を鳴らし、

『長距離座標移動《ロングポイントムーバ》』の魔法を用意する。

「文官長、少々下準備をしてきます。軍部の奴等に一泡吹かせてやりましょう。二度と無茶な予算請求と、私的な豪遊を経費で計上できないくらいに……！」

「お、おう。それができたらお前、英雄だよ」

折れそうになる心を、仕事の時間で観光地に行った挙げ句に、『王都の都市計画のモデルケースにするための視察』と観光費用を経費で計上しようとした奴等への怒りで支えて、ワイト氏は遥か遠い、極東の地へと飛び立った。

◆◆◆

王都には、とても大きな闘技場があります。

王城と同じくらい昔に建てられた建造物ですが、幾度となない補修や改修を受けて、今でも人々を楽しませる娯楽の場として活用されています。

しかし、本来の用途は争いの場です。とても頑丈に造られていますから、如何にも大きな被害を出しそうな宮廷魔導師様と、魔王城を真っ二つにするような戦いをするらしい大魔導師様の戦いの場にはうってつけでした。

闘技場には、王国の観光省が稼ぎ時と言わんばかりにチケットを売り捌いたお陰で、客席が全て埋まるほどのお客さんが集まっています。

　お客さんは王都の住民よりも多く、近隣の街からも集まっています。お陰で国庫は潤い、税やら何やらの計上で、文官長や会計課の職員はげっそりしていました。

　そんな中で、宮廷魔導師様は、在りし日の魔法を思い、それと競い合えることへの喜びに震えていました。齢六十にして天命を知ったような気分です。

　宮廷魔導師様の決闘ということで、偉い人がたくさん集まります。王様だって来ます。王様としては、なんか勝手にいなくなった宮廷魔導師様が勝手に決闘始めて、それが国家主導のイベントのようになってしまって、もう訳がわかりません。

　そんな内に、宮廷魔導師様のいる闘技場とは反対側。闘技場で格闘試合が行われる場合、慣例として挑戦者側として扱われる方の場所に、巨大な砂竜巻が巻き起こりました。

　その砂竜巻が弾けるように掻き消えて、その場所に、上品なスーツを着た、青い髪をオールバックに纏め、モノクルを着けたヒト族が現れ、上品に一礼します。

　それと同時に、その背後に、ゾンビ・ケルベロスが現れ、それに続くように死霊の群れが周囲に這い出て来ました。

　いきなりの派手なパフォーマンスに観客は沸き立ちます。王族専用の観客席でも、王女様とお弟子様が沸き上がっていました。

「……」

もうワイト氏の心は折れそうでした。ワイト氏の影武者の少し後ろで、大魔法の用意をしていますが、その大魔法を放棄して帰るのを本気で検討している程です。

太陽が闘技場の真上に差し掛かります。開戦の時刻です。

『両者の健闘を祈ります。皆様には、勝敗に拘わらず、王国最高峰の魔法使いである彼等を称えましょう。それでは、正午の鐘の音を以て、開戦の合図とさせていただきます』

どこからか『今度は噛まなかったねー！』『捧げまひょっ……ぅ』『やめろ勇者！』と声が聞こえた気がしましたが、ワイト氏がそれを気にするよりも先に、正午の鐘の音が、鳴り響きました。

「行け！　ジョン、ポチ、ミケ！」

ドンッと地面を揺らして、巨大なゾンビ・ケルベロスが宮廷魔導師様目掛けて走り出します。

それに追従して、おびただしい死霊が呪いの叫びを上げながら突撃します！

「まずは召喚魔法で競おうと言うのですね。ええ、ええ！　肩慣らしには相応しい！」

そう言って宮廷魔導師様が召喚したのは、獅子の頭に山羊の体、蛇の尾を持つ人工の魔物、キメラです。その数は十や二十では収まりきりません。

キメラは強力な魔物です。魂格《レベル》３００のスケルトンでも鎧袖一触です。魔王との戦いのために開発された生物兵器ですから、第三変異個体の魔族すら打ち破ります。

しかし、その程度ではゾンビ・ケルベロスは止められません。ジョンの頭がキメラの腹を食い破り、ミケが踏み潰し、ポチが呪いの息吹で衰弱死させて、正に歯牙にもかけません。生物兵器開発局も涙目です。来年から予算が減ります。

「キメラでは話になりませんか……では、こちらを」

宮廷魔導師様が召喚したのは、ゾンビ・ケルベロスに迫るほど巨大なドラゴンでした。それは、生物としてのドラゴンではなく、ドラゴンの骨格に鉄の肉を与えられて生み出されたドラゴンゴーレムです。

二体の怪物が激突します。鉄のドラゴンには呪いは効かず、その超硬の鱗は牙を通しません。二体の怪物のぶつかり合いは、お互いの鉄すら裂く爪を使った泥沼の殴り合いに発展しました。

「第一次魔法攻撃隊編成……！　攻撃開始！」

ワイト氏が後列に用意していた死霊。スカルメイジやワイトを中心とした魔法を扱う死霊達が闇や呪いの魔法をキメラと死霊軍団のぶつかり合う最前線に撃ち込みます。

しかし、それは宮廷魔導師様が召喚した、魔法を使う石像であるガーゴイルの魔法によって空中で迎撃され、その魔法の一部が死霊軍団を吹き飛ばします。

「この物量……！　どこまで追い縋るか！」

第二第三の魔法攻撃隊が編成されて、魔法の弾幕が更に密度を増します。それに引っ張られる形でガーゴイルの数も増やされ、果てし無い魔法の応酬が闘技場の中空で繰り広げられます。

「焦れますね……！　そろそろ本戦と、いきましょう！」

宮廷魔導師様の魔法が飛来します。その魔法は凄まじい威力を持っていて、とてもではありませんが、召喚した死霊の魔法では防ぎきれません。

宮廷魔導師様の魔法が炸裂《さくれつ》。後方に構えていた第一魔法攻撃隊の三分の一以上が吹き飛び、続いて前線に着弾した爆発の魔法によって死霊軍団が崩壊し、キメラが一気に押し寄せました。

「これが、本物……！　だが、社長の前で無様な姿を見せられるかっ！」

前線に拡散する呪いの魔法が襲い掛かります。キメラはその呪いに犯され、苦しげに血を吐き、呪いを取り込んで力を増した死霊軍団が再び勢いを盛り返します。

「素晴らしい！　素晴らしい！　未知の呪いです！　これが歴史の力……！　ああ、ああ！　そうです！　私はそこに魔道の頂を見た！」

宮廷魔導師様の魔法が勢いを増します。それをワイト氏は魔法攻撃隊の死霊に紛れて闇の魔法を放って迎撃し、それぞれの魔法がそれぞれの陣営の戦力を蹂躙していきます。

岩石が降り注ぎ、大地が炎上し、風が渦を巻きます。それをワイト氏は愚直なまでに闇の魔法を放って対抗しますが、宮廷魔導師様の放つ多彩な魔法を前についには対処に困る有様でした。

もし、ワイト氏が魔王ガルベロス・ヘルハウンドなら、鉄のドラゴンすら殴り飛ばし、一直線に宮廷魔導師様を蹂躙できたでしょう。単純な、相性の問題です。ワイト氏はドラゴンや魔王様のような単純明快な『力』にはめっぽう強いのですが、宮廷魔導師様のような研鑽を重ねた『力』には地力の差が出てしまうのです。

「これで……！」

毒煙の魔法が放たれます。ワイト氏の陣営を覆う程濃密な煙ですが、生物兵器として高い毒への耐性を持つキメラはそれを歯牙にもかけず、さらには宮廷魔導師様の放つ風や爆発の魔法で煙は一瞬で吹き飛ばされます。

「小細工は止しましょう！　見せ合いましょう！　貴方の魔道と、私の魔道を！」

面倒な権力者に目をつけられたと、ワイト氏は胃を押さえます。顧客の無理な要求にも応えなくてはいけないのが労働者です。

「この世で最も強い力は三つ……」

財力……はワイト氏にはありません。魔国時代、安月給の中でもしっかりと貯金していましたが、財力と呼べるほどの量はありません。

権力……もワイト氏にはありません。魔国でも、王国でも、一般的な労働者に過ぎません。搾取される側です。

ですが、ワイト氏には一つだけ自慢できるものがあります。千年の間、数少ない休みで育んだ、広く深いものです。それは……

「コネクション、だ！」

煙が晴れると、そこには、ゾンビ・ケルベロスと同等に巨大な人骨が君臨していました。

あまりに巨大なそれは、自重を二足で支えられず、這うようにそこに在ります。

同時に、闘技場に先程と倍にするような数多の死霊が出現し、ボロボロの鎧と刀剣を携えたそれは、次々とキメラに襲い掛かります。

さらに、空からは細い雷が幾つも降り注ぎ、高所から一方的にガーゴイル達を攻撃しています。

「こ、これは……!?」

宮廷魔導師様が状況を把握できないのも当然です。これらは全て、ワイト氏が極東で親しくしている、現地では妖怪等と呼ばれている魔族から借りてきた魔物達です。

強力な死霊である死霊武者、現地では妖術と呼ばれる魔法を使う下級天狗、縦横無尽に戦場を切り裂く不可視の風のカマイタチ、そして一際目立つ巨大骸骨……ワイト氏の極東の親友、餓者髑髏氏の分体です。

餓者髑髏氏本体は無数の死霊の集合体な上、流石に知性ある魔族を呼ぶのは反則として自粛しましたが、分体でも強力な死霊です。

「接待とはいきません……！　本気でいかせて貰いましょう！」

餓者髑髏がドラゴンゴーレムに襲い掛かり、ゾンビ・ケルベロスと二人がかりでドラゴンゴーレムを押さえ付けて、殴り付けます。

宮廷魔導師様がゾンビ・ケルベロスと餓者髑髏に光の魔法を放とうとしますが、餓者髑髏の骨の隙間や頭蓋骨の中に隠れていた死霊がわらわらと涌き出て、宮廷魔導師様の眼前に立ち塞がります。

その中には、他のワイトと見分けがつかないながらも、ワイト氏もいました。

「ふふ……ふふふ……！　ああ、ぶつかり合いましょう！　私の魔道と、貴方の魔道を！　私の掴んだ魔道の真髄、その断片！　最後の魔法とは、私自身が魔法になることだッ！」

炎を纏う……否。魔法の炎そのものとなることで、魔法使いが元来苦手とする近接格闘を克服した宮廷魔導師様。

その宮廷魔導師様と、膨大な呪いを帯びた死霊の群れが激突します！

幾百の骨が干上がり、蒸発してカルシウムの煙になる中、膨大な呪いを纏うことで、死霊としての自分を強固にしたワイト氏が宮廷魔導師様に掴み掛かりました。

「やはり、そう来ましたか！　ワイトの特性、ライフドレイン！　しかし、今の私には触れるべき実体がない！　その策は、下策です！」

「そこに魂があれば、それでいい……！」

「何を……!?」

ワイトは炎そのものとなった宮廷魔導師様に、物理的にではなく、呪いそのものとして接触します。そして、叫びました。

「『長距離座標移動《ロングポイントムーバ》』！」

二人の姿が闘技場から消えます。二人が転移したのは、極東の最北の大地に存在する巨大な湖。現地では死骨湖と呼ばれる、沈めば二度と戻れないほど深い湖でした。

「骨さえ浮かんでこない死の水瓶の中……！　この湖が乾上がるのと、貴方がその魔法を維持できなくなるのは、どちらが早いか……！　存分に競っていただきましょう……！」

ワイト氏は呼吸が必要ありません。幾らでも、それこそ千年以上かかろうとも、宮廷魔導師様の魔法の破綻を待つことができます。

『ああ……これは……詰み、ですね……いやはや、魔道の真髄、その断片と嘯《うそぶ》いておきながら、こんな方法で打ち破られるとは……』

水中では維持できない魔法だったようで、宮廷魔導師様の体が元に戻ります。ワイト氏はその瞬間、もう一度同じ魔法を使って闘技場に戻りました。

「孫を、お願いします」

がほっと水を吐いて、宮廷魔導師様が意識を失います。

ずぶ濡れのワイト氏は、最後に王女様の姿を探して、拳を掲げ、自らの勝利を宣言するのでした。

◆◆◆

「弟子にしてください」

「お断りします」

その後、ワイト氏の屋敷では、孫と揃って頭を下げる宮廷魔導師様の姿があったのですが、それはジョンとポチ、ミケだけが知っている国家機密なのでした。

あとがき

※このあとがきは本編の一部ネタバレを含みます。

どうも、初めましての方は初めまして。そうでない方も書籍版では初めまして。ガチャ爆死ゾンビこと漆黒の豆腐です。

ガチャ、良いよね。回せば回すほど楽しいよね。最後に襲ってくる絶望と虚無感さえ無ければ。

あとがきを書いてくださいと言われ、書こうにもどういう風に書けばいいのかわからないので、とりあえず編集部のFさんから書けと言われた内容をざっくり書くことにしました。ええ、マニュアル人間です。

その一：執筆の経緯
この作品は、元々は七千字程度の短編でした。タイトルもズバリ『文官ワイト氏、魔王に辞表を叩きつける』。

仕事に疲れ、今やオバロやらリゼロやらこのすばやらデスマやらアニメ化作品が大量に輩出されている『小説家になろう』というサイトに、「あの社長に退職届叩きつけてぇ」という雑念と共に書き上げました。執筆時間は二時間でした。

思い起こせば思い起こすほど、深く考えずに書いた作品でした。ワイトとか世間から見たら絶対知らない人の方が多いのに、それを主人公に据えた辺り、本当にやけくそで書いていたんでしょうね（他人事のように）。

しかし、いざ投稿してみると見てくださったユーザーの方々の反応が大きく、『これは来た！なろうに白骨死体旋風を巻き起こしてやる！』調子に乗った豆腐は文官ワイト氏をシリーズものとして書き続け、気付けば三万字の分量に膨れ上がっていました。

これが、この書籍版『文官ワイト氏と白き職場』の執筆経緯です。

ちなみに、短編版『文官ワイト氏』を書き上げた二〇一六年四月から、あとがきを書いている二〇一八年一月現在まで、実に二年近く経っています。このあとがきが皆様の目に触れる頃には二年ちょうど頃になるでしょうか。

その二：裏話

二〇一七年八月、漆黒の豆腐に『小説家になろう』運営から一通のメールが届いた。

豆腐は、もしや下ネタでも規約に引っ掛かったのでは無いかと恐る恐るメールを開き、『書籍化しようぜ！　By F』というメールを読んで、夢だと思って寝た。

しかし翌日起きてもメールが消えないことに気付いた豆腐は、錯乱して何故か実家の姉に相談なんぞして、少し冷静になったあと、そのお話を引き受けた。これが地獄の始まりだとも知らずに。

……まず、書籍化というのは言葉では三文字ですが、調べてみると、最低分量は十万字とのことでした。

文官ワイト氏シリーズの文字数は約三万字。Fさんからは『七万字書き下ろしてね（はーと）』という神の宣告が降りました。

そこから頑張って大豆サイズの脳味噌を絞って七万字書き上げ、こうして出版させていただく運びとなりました。やったぜ。


という訳で、分量にして七割は書き下ろした訳ですが、『小説家になろう』からこれを知って読んでいただいている方々はお気付きでしょうが、『お弟子様』は書籍オリジナルの人物です。

ついでに言えば長官様や宮廷魔導師様もオリジナルの人物ですが、こと『小説家になろう』にとっては男なんぞあべしひでぶするだけの存在なので割愛。

この『お弟子様』ですが、最初の短編段階では存在の影も形もありませんでした。そもそも、七千字の短編で終わりのつもりだったので、登場人物の深い設定もありませんでした。

そんな中、大豆油を捻り出している過程で、新人教育でもさせるかなと思っていたら、迷走に迷走を重ねた末に出来上がったのが、『お弟子様』です。

そんな経緯で生まれた『お弟子様』ですから、まさか三万字分もお弟子様の話を書くことになるなど、当初は全く予想できていませんでした。おかげでヒロインである文官長の影が薄くなって困ったものです。

その三：謝辞

編集のFさん、出版業界とは縁がなく、右も左もわからない中、ご迷惑をおかけしました。深くお礼申し上げます（土下座）。

イラストレーターのフミオ様。ありがてぇ……ありがてぇよぉ……（言葉にならない）というくらい素敵なイラストをありがとうございます。アニメ化さえした神ゲーを手掛けたフミオ様に描いていただけて、ワイト氏（白骨死体）やジョン（ゾンビ犬）に命が吹き込まれました。

最後に、ご丁寧にあとがきまで読んでくださった皆さんと、書店で手にとってあとがきだけでも見てくださっている方々に、心を込めて、ありがとうございます。

……あとがきって、こんなんで良いんですかね？

こんにちは、フミオです。
ワイト氏と、仲間たちの
楽しい？職場物語の良い橋渡し役に
なれれば幸いです。
今後の展開も楽しみにしています！

小説家になろう
50万作品の
年間ランキング
第2位!
続々重版中!
アニメ化
企画進行中の大人気作!!
私、能力は平均値でって言ったよね！
FUNA
私、能力は平均値でって言ったよね！
FUNA

EARTH STAR NOVEL

文官ワイト氏と白き職場

発行 ―― 2018年3月15日　初版第1刷発行

著者 ―― 漆黒の豆腐

イラストレーター ―― フミオ

装丁デザイン ―― 舘山一大

発行者 ―― 幕内和博

編集 ―― 古里 学

発行所 ―― 株式会社 アース・スター エンターテイメント
〒107-0052　東京都港区赤坂 2-14-5
Daiwa 赤坂ビル 5F
TEL ：03-5561-7630
FAX：03-5561-7632
http://www.es-novel.jp/

発売所 ―― 株式会社 泰文堂
〒108-0075　東京都港区港南 2-16-8
ストーリア品川
TEL：03-6712-0333

印刷・製本 ―― 中央精版印刷株式会社

ISBN 978-4-8030-1172-2